香草之吻

VANILLA KISS

上

在那段青澀的日子裡，最快樂的，是追隨著你的背影，最悲傷的，也是只能追隨著你的背影

琉影 著

出．版．緣．起

三百六十度全媒體出版

城邦原創創辦人　何飛鵬

當數位變革浪潮風起雲湧之際，做為一個紙本出版人，我就開始預想會不會有數位原生內容出版社出現？如果會的話，數位原生出版會以什麼樣貌出現？而我又將如何面對這種數位原生出版行為？

就在這個時候，我看到了大陸的起點網，這個線上創作平台，聚集了無數的寫手，形成數量龐大的創作內容，無數的素人作家在此找到了夢許之地，也成就了一個創作與閱讀的交流平台，而手機付費閱讀的習慣養成，更讓起點網成為全世界獨一無二、有生意模式的創作閱讀平台。

基於這樣的想像，我們決定在繁體中文世界打造另一個線上創作平台，這就是POPO原創網誕生的背景。

做為一個後進者，再加上我們源自紙本出版工作者，因此我們在POPO上增加了許多的新功能，除了必備的創作機制之外，專業編輯的協助必不可少，因此我們保留了實體出版的編輯角色，讓有心成為專業作家的人，能夠得到編輯的協助，我們會觀察寫作者的內容、進度，選擇有潛力的創作者，給予意見，並在正式收費出版之前，進行最終的包裝，並適當的加入行銷概念，讓讀者能快速認識作者與作品。

這就是ＰＯＰＯ原創平台，一個集全素人創作、編輯、公開發行、閱讀、收費與互動的一條龍全數位的價值鏈。

經過這些年的實驗之後，ＰＯＰＯ已成功的培養出一些線上原創作者，也擁有部分對新生事物好奇的讀者，不過我們也看到其中的不足——我們並未提供紙本出版服務。

眞實世界中，仍有許多作家用紙寫作，還有更多讀者習慣紙本閱讀，如果我們只提供線上服務，似乎仍有缺憾。

爲此我們決定拼上最後一塊全媒體出版的拼圖，爲創作者再提供紙本出版的服務，讓所有在線上創作的作家、作品，有機會用紙本媒介與讀者溝通，這是ＰＯＰＯ原創紙本出版品的由來。

如果說線上創作是無門檻的出版行爲，而紙本則有門檻的限制，線上世界寫作只要有心，就能上網、就可露出，就有人會閱讀，沒有印刷成本的門檻限制。可是回到紙本，門檻限制依舊在。因此，我們會針對ＰＯＰＯ原創網上適合紙本出版的作品，提供紙本出版的服務，我們無法讓所有線上作品都有線下紙本出版品，但我們開啓一種可能，也讓ＰＯＰＯ原創網完成了「三百六十度全媒體出版」的完整產業及閱讀鏈。

不過我們的紙本出版服務，與線下出版社仍有不同，我們提供了不同規格的紙本出版服務：（一）符合紙本出版規格的大眾出版品，門檻在三千本以上。（二）印刷規格在五百到二千本之間的試驗型出版品。（三）五百本以下，少量的限量出版品。

我們的宗旨是：「替作者圓夢，替讀者服務」，在作者與讀者之間搭起一座無障礙橋梁。

我們的信念是：「一日出版人，終生出版人」、「內容永有、書本不死、只是轉型、只是改變」。

我們更相信：知識是改變一個人、一個組織、一個社會、一個國家的起點。讓想像實現、讓創意露出、讓經驗傳承、讓知識留存。我手寫我思，我手寫我見，我手寫我知，我手寫我創，變成一本本的書，這是人類持續向前的動力。

我們永遠是「讀書花園的園丁」，不論實體或虛擬、線上或線下、紙本或數位，我們永遠在，城邦、ＰＯＰＯ原創永遠是閱讀世界的一顆螺絲釘。

第一章　我是弒夜

在電玩的世界裡，遊戲用主機除了最普及的電腦外，還有所謂的「家用遊戲機」。家用遊戲機又稱電視遊樂器，通常需要連接電視螢幕以呈現遊戲畫面，玩家則使用控制器（搖桿）來進行遊戲中的操控。而市面上有三大知名的遊戲機品牌形成三國鼎立的局面，姑且簡稱爲X遊戲機、P遊戲機、W遊戲機。

其中，牽起我和Vanilla的緣分的，就是一台X遊戲機。

時間倒回我小學四年級的時候。

那年，我爸爸參加公司年終的尾牙抽獎時，人品爆發抽中了一台X遊戲機。

我家有三個小孩，大哥叫蘇嘉睿，當時就讀高三；二哥叫蘇嘉鴻，就讀高一；我則是最小的孩子，名叫蘇沄萱。

爸媽替我取了一個秀氣的名字，期望我可以成爲有氣質的女孩，可惜從小每天和兩個哥哥打打鬧鬧的我，卻是要氣質沒有，要粗魯有剩。

自從抽中遊戲機後，哥哥們很快沉迷於其中，整個寒假都釘在電視機前面打電動。

「看我的蛇拳！」

「截拳道比較威！啊噠！」

「我戳你眼睛、戳你喉嚨，我戳戳戳！」

「我擋！再一個掃堂腿……啊噠！」

我蹺腳躺在客廳的沙發上看漫畫，睨了眼電視機前的兩個哥哥。他們全神貫注盯著遊戲畫面，各自操控電玩角色拳來腳往，鬥得火熱。

眞是搞不懂，電動到底有什麼好玩的？

放下漫畫，我離開沙發，踮著腳尖從後面靠近，伸手拍在二哥的肩頭上。

「啊——」二哥嚇得慘叫一聲，手裡的搖桿差點脫手而出。

KO！

格鬥結束的裁判喊聲響起，二哥所控制的角色被大哥打趴在地。

「蘇沄萱！妳幹麼嚇人啦？」二哥生氣地扭頭瞪我。

「你們都不陪我玩。」我摟住他的脖子，趴在他的背上撒嬌。

「妳好討厭，走開啦！不要黏著我。」二哥驀地起身，把我背起來。

「啊！好可怕！」我邊叫邊笑，雙手摟緊他的脖子，雙腿也夾住他的腰側。

二哥背著我氣沖沖走到沙發旁，側身一個過肩摔，一陣天旋地轉，被拋在沙發上的我笑個不停。幸好沙發很軟，落在上面一點都不痛。

「嘉鴻，小心點，別把妹妹的脖子給扭了。」大哥在一旁溫柔提醒。

「扭了最好！每次都只會鬧我。」二哥的臉氣得有點扭曲。

「鬧大哥不好玩，鬧你比較好玩。」我故意這麼說。大哥總是耐著性子任我胡鬧，而二哥脾氣差，每次反應都很激烈，所以我特別喜歡煩他。

「我警告妳！不要再來鬧我，否則我就把妳踢出去！」二哥抬腳作勢踹我，語氣凶狠。

「電動有那麼好玩嗎？」我癟著嘴滑下沙發，拿了張小椅凳，想擠到兩個哥哥中間。

「都叫妳不要過來了，妳還過來！」二哥伸手抵住我手裡的椅凳，不讓我擠進去。

「算了啦，讓她一下。」大哥朝左邊挪出位置。

我趕緊把小椅凳塞到他們之間，坐下後看看面帶微笑的大哥，再看看氣得滿臉通紅的二哥，嘿嘿一笑，「我也要玩！」

大哥沒轍地聳肩，直接將他的搖桿遞給我。

我握住有點沉重的搖桿，輕輕按下一個鍵，畫面裡屬於大哥的角色突然出腳踹了二哥的角色一下，搖桿也同時震動一下。

哇！好帥！

我再連按幾次，二哥的角色頓時被連續踢飛，撞到山壁發出巨大聲響，手裡的搖桿震動得更加強烈。

這種結合視覺、觸覺、聽覺和想像的遊戲方式，讓我深刻體會到了臨場感，彷彿置身在遊戲世界裡，這是電腦鍵盤和滑鼠無法傳遞的感受。

「大哥，這個遊戲叫什麼名字？」我睜大眼睛，在猛踹遊戲角色的過程中，找到一種不曾有過的暢快感。

「叫《生存格鬥3》。」

於是，那天過後，我開始跟著哥哥們一起打電動。

因爲年紀相差太多，我經常淪爲陪練，格鬥遊戲被哥哥們壓著打，賽車遊戲場場墊底，槍戰遊戲則是一出場就被爆頭。

「唉唷……怎麼又死了。」看到電視螢幕出現「GAME OVER」這行血字，我的眼圈忍不住熱了起來。

「蘇沄萱，妳很愛哭耶！愛玩又輸不起。」二哥不耐煩地罵我。

「我只是覺得角色一直死掉很可憐。」不，其實我的確是因爲打不贏哥哥，懊惱得哭了出來。

「妹妹還小，不太會操控，就讓她個幾場吧。來！大哥幫妳打二哥。」大哥拉著我坐到他前面，雙手環過我的身子，握住我拿著搖桿的小手，幫忙操控角色去攻擊二哥。

二哥一向很聽大哥的話，只好放水讓我連贏幾場，直到我破涕爲笑。

雖然經常死在哥哥們無情的拳腳下，但是那段充滿刀光拳影的日子裡，三兄妹一起打電動的情景，日後回憶起來還是挺美好的。

每當遊戲卡關時，哥哥們總會上網查詢攻略，我常聽到他們用無比崇拜的語氣討論一個奇怪的名字——「粉捏拉」。

「大哥，『粉捏拉』是什麼？」我拉住大哥的衣角。

「粉捏……」大哥噗哧一笑，「是Vanilla，香草的英文。」

「香草冰淇淋的『香草』？」

「嗯，這個香草是『御夢幻境』的站長喔。」

「御夢幻境又是什麼？」我明白這是一個存在於網路上的東西。

「御夢幻境是Vanilla架設的電玩情報站。」二哥指著電腦螢幕。

「就是你們平常查攻略的網站？」我探頭看向螢幕，那是一個版面呈深藍色系的網站。

「嗯，他超級厲害的！除了自己架設網站，發布了很多遊戲情報和攻略之外，他本身也專精格鬥和動作遊戲，有玩家約他出來PK，聽說他幾乎沒有輸過。」

「真的嗎？」我睜大眼睛。

「上星期Vanilla傳了一支《忍者狂劍傳》的遊戲破關影片，選擇煉獄級模式，挑戰遊戲裡最強的最終BOSS邪魔神，全程沒使用忍術、沒運用輔助道具，而且一滴血不損，就把邪魔神一刀接一刀凌虐到死。」二哥越說越興奮，馬上找出那支影片，點開來給我看。

影片裡，邪魔神的體型比玩家所操控的忍者大上數倍，攻擊力極強，光是一個巴掌掃過就可以把忍者打飛，而且還具備三段變身，第二段變身後會釋放出全範圍的地面雷電攻擊，第三段變身後則會飛到半空中，朝忍者投擲火球。

Vanilla所操控的忍者握著忍劍，既然捨棄了忍術和輔助道具，便只能依靠普通攻擊了。

戰鬥很精彩，無論邪魔神如何攻擊，Vanilla都能夠輕鬆閃過並從容回擊，毫髮無傷的，將對方慢慢折磨至死。

大哥的眼神充滿崇拜，輕嘆一口氣，「在這款遊戲的煉獄級模式中，怪物的攻擊都很變態，每個關卡提供給玩家的補血道具還比普通模式少一半，我只打了幾場就卡關了。像Vanilla這種幾乎不需要補血道具，完全以神操作虐著最終BOSS玩的人，已經不是神人的境界，而是比神人更高的魔人境界了。」

「妳看，影片下全是膜拜的留言，大家都稱他爲香草殿下。」二哥指著影片下方的留言區。

「我好想跟香草殿下對戰一場！」看完影片，我不禁對Vanilla產生一種偶像式的崇拜。

「蘇沄萱，妳別鬧了。」二哥嘴壞地吐槽，「妳連我們都打不過，還想找他對戰？人家瞄都不會瞄妳一眼的。」

我不服氣地癟嘴，當下被二哥的話激出鬥志，不願服輸。

因此，我發誓要成爲格鬥高手，目標是和Vanilla對戰！

國小的課業不重，我放學的時間比兩個哥哥都早，所以總趁著他們還沒回到家，偷偷開啟遊戲機練功。

我沒有自己的電腦，爲了登入御夢幻境的論壇，還特別請大哥幫我註冊一個帳號。

「妳要取什麼暱稱？」大哥坐在他的電腦前，點入會員申請的頁面。

我滿心雀躍遞給他一張紙條，上面寫著我精心思考出的暱稱。

「妳取了什麼名字？」二哥好奇地湊過來。

我怕二哥聽不懂暱稱裡的某個字，於是示意他自己看紙條——

弒夜乂滅世狂舞

「這暱稱……有點微妙，妳要不要取個可愛點的名字？」大哥皺眉。

「什麼微妙？根本就是中二病！哈哈哈……」二哥笑得誇張，伸手在我的頭頂亂揉一把，「我們家的小公主開始長歪了。」

「哪有歪？這個名字明明很帥！」我揮開他的手，有點不高興。

「這是屁孩才會取的名字好嗎？」二哥一臉痞樣地回嘴。

「我不是屁孩！」

「妳明明就是屁孩。」

「我不是！」我生氣地搥打二哥。

「呼！哈！啊噠！」二哥模仿格鬥遊戲的防禦招式，高舉雙拳一一擋開我的攻擊。

我越打越火大，這時大哥轉過電腦椅，抬腳輕輕踹開二哥，「嘉鴻，不要鬧妹妹，反正暱稱可以更改，就先取這個名字吧。」

「哼！」我收拳，對著二哥得意地吐吐舌。

「呿！」二哥朝我翻了個白眼，沒好氣地離開房間。

「不過，我覺得叫弒夜就好了，不要加上滅世狂舞。」大哥轉回身，雙手在鍵盤上打字。

「好吧。」我癟癟嘴，伸手指著會員資料欄，「可是大哥，你把我的出生年份打錯了，我今年十歲，不是十七歲，而且我是女生，又不是男生。」

「在網路上不需要留正確資料。」大哥搖頭。

「爲什麼？」

「如果網站的安全防護沒做好，個人資料很容易會被洩漏出去，所以盡量不要留眞實的資料。」

「那香草殿下看得到我的資料嗎？」

「他是站長，擁有最高的操作權限，當然看得到會員的資料。」

「哥……」我扭捏地絞著手指，「我、我想留眞實的資料。」

大哥側頭笑了笑，「沄萱，御夢幻境的會員有好幾千人，Vanilla要管理整個網站，還得打電動、寫攻略，應該沒有時間去看會員的個人資料。」

「我知道……」

「妳把他當成偶像崇拜，但我們看到的都是他在網路上營造出的形象，說不定Vanilla

是個體重超過一百公斤，坐在電腦前一邊挖鼻孔、一邊吃泡麵，還順便摳腳指的肥宅。」

「呃……」我蹙眉露出嫌惡的表情。

「網路上壞人很多，註冊資料還是隨便填比較好，妳平常就看看攻略和影片，少跟大家打交道。」

我不情願地點點頭，看著大哥將我的資料填成：

弒夜，男生，十七歲，興趣是打電動，最喜歡的遊戲是《生存格鬥3》。

後來我也順應大哥的要求，不曾去修改會員資料。

從此，我不時會跑到大哥的房間，借用他的電腦上網，登入御夢幻境瀏覽遊戲資訊。

當我升上五年級時，大哥也從高中畢業，考上大學。

爸爸買了一台筆電給大哥，讓他帶到學校宿舍使用，所以大哥把自己的電腦轉送給我。而二哥因爲少了遊戲的對手，又沒什麼耐性陪我玩，於是漸漸與同學一起栽入電腦網遊的世界，遊戲機只剩下我會去玩。

沒關係，沒人跟我搶搖桿最好。

這樣我就可以全心練功，朝跟Vanilla對戰的目標邁進！

有了自己的電腦後，我每天晚上都可以上網觀看香草殿下的遊戲影片。

殿下的戰鬥風格很冷靜，他的操控相當熟練，能夠輕鬆使出許多高難度的招式，每每令我看得佩服不已。爲了練成跟他一樣的招式，我反覆地跟電腦角色對戰，常常練到想摔搖桿，但我還是憑著一股傻勁堅持下去。

可惜的是，殿下作風十分低調，不僅從來不曾在影片裡露過臉，也不曾公開任何照片，平時論壇都是由各區的版主管理，他僅是偶爾回文。只要是他留言過的帖子，人氣都會瞬間爆增。

不知不覺中，每當我打開御夢幻境，第一件事便是查看殿下的會員資料，確認他今天有沒有發帖或回文，如果有，就再點進那些帖子裡，看看他留了什麼內容。

不知道現實世界裡的他，是個什麼樣的人？

懂得架設網站，打電玩非常厲害，英文能力強，能夠翻譯國外的遊戲資訊，撰寫英文遊戲的攻略，他的年紀應該比哥哥們大，可能是社會人士吧？搞不好是工程師……

我的腦袋裡充滿各種幻想，但不管是哪種想像，都認定殿下一定是個帥氣的人。

升上國小六年級，四月中旬的某天，御夢幻境發生了一件大事。

事情的開端，是有個叫「御皇焱」的會員，發了十幾張《生存格鬥3》裡穿著裸露的女角色側踢或翻滾時露出內褲的截圖，每張截圖的取景角度都極爲不雅，還配上曖昧的設計臺詞，引來許多男生的留言。

御皇焱：打電動打到流鼻血……

紅蓮閻魔：（遞衛生紙）你確定流的是鼻血嗎？

轉角遇到鬼：見鬼了！你不要打得那麼用力，就不會流鼻血了。

紅蓮閻魔：御皇焱，你到底在打什麼？

御皇焱：就打電動咩！不然除了打電動，版大覺得我還能打什麼？

其中，紅蓮閻魔是X遊戲討論版的版主，卻跟著大家起鬨。

當時的我，正好處於從小女孩轉變成大女孩的時期，遇上了人生第一場生理痛，下腹彷彿被刀子刨挖著。看到那些截圖和意有所指的發言，一股煩躁感打從心底湧出，我忍不住敲下鍵盤。

弒夜：你們眞沒品！女角色是拿來這樣惡搞的嗎？

御皇焱：呃，閣下，漂亮女角的爆乳和姣好身材，正是這款遊戲的賣點。

轉角遇到鬼：見鬼了！如果沒有那些小褲褲，這遊戲哪來的銷量？

弒夜：未必只有男生會打電動，你們這樣惡搞，讓人感覺很下流、很噁心。

紅蓮閻魔：冷靜點，大家只是開開玩笑而已，打電動嘛，何必那麼認眞？

御皇焱：閣下，如果你不喜歡這個話題，請按右上角的X，從轉角離開。

轉角遇到鬼：我在轉角仔細一看，原來是個處男小屁孩。

弒夜：我不是屁孩！我是認眞在玩遊戲的！

御皇焱：閣下這麼認眞、這麼有正義感，到底想怎樣？

弒夜：請你刪帖！

轉角遇到鬼：見鬼了！又不是全裸露三點，幹麼要刪帖？

御皇焱：出來單挑吧！如果你贏了，我就刪帖。

弒夜：單挑就單挑，誰怕誰！

轉眼間，我在論壇上和網友筆戰起來，御皇焱隨後發表一篇帖子。

【挑戰書】御皇焱VS.弒夜，對決！

時間：本週日下午兩點
地點：臺北地下街魔亞遊戲專賣店
規則：搶二，最先贏兩場的人勝出
懲罰：輸家從此退出御夢幻境

「弒夜接戰！」我氣昏了頭，衝動地回覆那篇帖子應戰。

由於御皇焱是論壇的資深會員，很多人都認識他，所以隔天放學登入論壇時，我發現那篇挑戰書竟然被網友灌爆了。

我目瞪口呆看著電腦螢幕，帖子的留言數多達三十幾頁，許多湊熱鬧的會員都在賭這場PK賽會由誰勝出，還有不少人相約前往觀戰。

怎麼辦？

事情怎麼會鬧得這麼大？

我的腦中只有這個想法。

當時遊戲機的普及率沒有電腦高，《生存格鬥3》還僅限於單機對戰，並未支援網路連線對戰，因此每當玩家們舉辦網聚或PK賽時，都會相約在某間遊戲專賣店，借用店裡的試玩機進行對戰。

我才小學六年級，爸媽平常不准我單獨出門，我連怎麼搭車去臺北都不知道。要是跟他們說我要去找網友對戰，他們一定會先打死我。

而如果不去赴約，我頂多是被取笑而已，只要重新註冊一個帳號，別人也不會知道我是弒夜。

不行不行！

接下挑戰卻沒有赴約，實在太丟臉了。

我決定找二哥幫忙，他常跟同學去臺北參加動漫展，對臺北多少熟悉些。

無奈二哥這幾天心情極差，總是擺著一張臭臉，讓我不敢跟他說話，事情便這樣拖到了星期天。

早上起床，我開門走出房間，看到二哥坐在客廳裡打電動。他盯著電視的眼神充滿怨氣，心情依然沒有好轉。

「二哥，你今天不玩網遊嗎？」我陪笑著挨到他身側。

「不屑玩了。」二哥恨恨地答。

「要不要我陪你對打？」我拿起另一支搖桿。

「好，妳選摔角手跟我打。」

「喔。」

我們各自選了出戰的角色，遊戲裡傳來提示聲：Get Ready，Fight——

「死胖子！我扁死你！揍死你！踢爆你！」二哥選的角色是忍者，他的出招又狠又快，彷彿跟摔角手有仇。

摔角手塊頭大、防禦強，雖然出招速度較慢，但只要成功把對手摔出去，往往會造成重傷，所以我並不著急。

我的角色被二哥的快攻連打了幾拳，又挨上一記側踢栽了個大跟斗，接著馬上爬起來，蹲馬步、交叉雙臂擋住忍者的攻勢。趁著二哥出招結束的瞬間，我讓摔角手迅速抓住忍者的手，施展摔技將他重摔在地。

對戰了幾回合，忍者的下場都是被抓去撞山壁，然後四肢遭到扭轉壓制在地。我越打越覺得詫異，是因為二哥太久沒有玩格鬥遊戲了嗎？他竟然連一次都沒有打贏我。

「妳幹麼一直用抓技摔人！」二哥惱羞成怒，指著我的鼻尖大罵。

「摔角手的強項就是摔技呀。」我覺得很無辜，香草殿下就是這樣打的，我只是效法而已。

「妳這種打法很賤耶！」

「你打輸了就罵我，超沒品的！」

「妳才沒品！哪有一直用抓技摔人的？」

「不然我換其他角色跟你打。」

「我不要玩了，看到妳就討厭！」二哥氣沖沖地丟下搖桿，起身繞過茶几走向自己的房間，說時遲那時快，他的腳不小心勾到遊戲機的電源線，瞬間撲倒。

砰！

遊戲機跟著被扯下茶几，重重摔在地上。

「啊……」我驚慌地跑過去，跪下來捧起遊戲機。外殼已經裂開，我搖了搖，機殼裡傳來喀啦聲，不知道是什麼零件碎了或脫落了。

「我、我不是故意的……」二哥傻住了，滿臉的怒氣瞬間消散。他連忙爬到我身邊，接過遊戲機重新插上電源線，但是遊戲機已經無法開機，電視畫面也一片漆黑。

「你看！你把它弄壞了！」我生氣地把遊戲機搶回來，緊緊抱在懷裡。

「我真的不是故意的……」二哥慌張無比。

看著壞掉的遊戲機，我的眼底逐漸蒙上一層水霧，彷彿懷中的是死去的寵物。

此時，大門打開，爸媽回來了。看到我快要哭出來的模樣，他們都愣了一下。

「你們怎麼了？」爸爸關心地問。

二哥沮喪地垂下頭，小聲供出事發經過，爸爸聽完後數落了他幾句。

「不知道能不能修理？」媽媽拿起遊戲機，檢查損壞的狀況。

「電器類產品的維修費用隨便都破千，萬一還得換零件的話，修到好可能差不多等於買一台新的。」爸爸實際地分析。

「可以上網拍買，二手的遊戲機只要半價。」二哥心虛地提議。

「我不要二手的，我要全新的！」我的眼眶越來越熱，拒絕選擇買二手機。

「算了，爸爸帶妳去買一台新的。」爸爸安撫似的拍拍我的頭。

聞言，我的心底閃過一個念頭，馬上挽住爸爸的手臂，帶著鼻音撒嬌：「爸，聽說臺北車站的地下街有很多電玩相關的店家，我一直很想去逛逛，可以讓二哥帶我去那裡買遊戲機嗎？」

爸媽轉頭看二哥。

「好，我帶妹妹去買。」大概是心裡有愧，二哥難得地順應我的要求。

聽到二哥答應，我鬆了一口氣，跑回房間換衣服。

站在鏡子前面，我看著自己被映出的模樣。

清爽的短髮，身穿黑色T恤搭配吊帶牛仔短裙，一頂鴨舌帽斜斜戴在頭上，看起來有點男孩子氣。可惜一百四十公分的身高向來是我心頭的痛，總是因此被誤以爲只有國小三、四年級。

換好衣服，我把搖桿塞進後背包，因爲Vanilla在論壇上提過，他PK的時候都會帶自己的搖桿，除了用起來最順手，也是由於試玩機的搖桿被頻繁使用，容易出現不太靈活的狀況。

二哥帶我搭上公車，經過一個多小時的車程後，我們來到臺北車站的地下街。

這裡就是香草殿下在網站上介紹過的，宅男的電玩天堂！

懷著朝聖般的興奮心情，我不自覺地把PK的事拋到腦後，跟著二哥在迷宮似的地下街裡繞來繞去，終於踏入著名的電玩區。

放眼望去，整條街掛滿遊戲海報，左右兩側全是電玩商家，玻璃櫥窗裡陳列著各類遊戲，還有許多沒見過的遊戲機台，讓我大開眼界。

只要是門口擺放了試玩機台的店家，都會圍著一大群男生，也有不少彼此認識的玩家直接坐在地上，拿著掌上型遊戲機連線對戰。眼前這熱鬧的畫面，令我頓時有種滿血復活的感覺，忍不住雀躍起來。

「眞是宅男的天堂，看來看去沒幾個女生。」二哥掃了四周一眼，轉頭斜睨我，「妳果然是個異類。」

「異類的哥哥也是異類。」我嘀咕。

「妳說什麼？」

「我說，我想要那些遊戲立牌。」我裝傻，指向擺在店家門口的幾個遊戲立牌，那些電玩角色男的帥、女的美，要顏值有顏值、要身材有身材，無比養眼。

「要那些立牌幹麼？」二哥不解。

「收藏呀。」

「那種東西有什麼好收藏？」

「因爲有愛啊！」我不假思索。

「蘇沄萱，妳已經進化成電玩宅，再也回不去了。」二哥訕笑，戳了下我的額頭。

「不行嗎？」我回打他一下，再揉揉額頭，「都是你和大哥害的，從小就教我打電動。」

「妳少牽拖別人。」

「本來就是你們害的。」

「是妳自己的問題。」

「才不是……哇！」我跟二哥邊走邊鬥嘴，腳下冷不防絆到什麼東西，整個人往前撲倒在地。

「沄萱！妳有沒有怎樣？」二哥立刻蹲下來，扶住我的肩頭。

「好痛喔……」我趴在地上，痛得一時動彈不得。

「對不起！害妳跌倒了。」

略顯沙啞的男聲從頭頂傳來，聽起來很像哥哥們進入變聲期的時候，那種帶點緊繃的嗓音。

我愣愣地抬頭，黑色運動鞋首先映入眼簾，再往上是深色牛仔褲。

「妳還好嗎？」那人單膝點地蹲下身。

我的目光對上一雙清澈的眼眸，是個年紀比我大一點的男孩。他留著俐落的短髮，眉宇間隱隱有股英氣，穿著白色T恤搭配黑色連帽運動外套，散發出十分陽光的氣息。

「我拉妳起來。」男孩朝我伸出右手，薄唇揚起歉然的微笑。

我傻傻盯著他帥氣的笑臉，好像喝下一瓶補血藥，瞬間忘了身上的疼痛。

「沄萱，妳的小褲褲露出來了！」二哥低叫，手忙腳亂幫我拉下因爲跌倒而掀起的裙子。

我瞪大雙眼，整張臉迅速漲熱，像隻八爪章魚似的慌亂地攀住二哥的手臂。

二哥扶我站好，那個男孩跟著起身，同時一陣竊笑自我的身後響起。

「哈哈哈……她跌得好醜……」

「看到內褲了！」

「哥，被很多人看到了……」我羞窘地抱著二哥的手臂，另一隻手下意識地壓住裙子。

「喂！你背包亂丟在走道上，害人家跌倒了。」二哥滿臉怒氣瞪著男孩。

「對不起。」男孩先向我道歉，再轉身走到我的後方，沙啞的嗓音沉了沉，「女生跌倒有什麼好笑的？把我的卡帶全部還來！」

笑聲頓時停了，取而代之的是窸窸窣窣的聲響，還有低低抱怨的碎念聲，過了一會，男孩又走回我面前。

我用眼角餘光偷偷瞄他，只見他的左肩多了個背包，右手提著一個半透明的收納盒，隱約可以看到裡面裝了很多掌上型遊戲機的卡帶。

據我所知，這款掌上型遊戲機非常有名，曾被小學生票選爲最想收到的生日禮物。在班上，只要是有這款遊戲機的男生，都是走路有風、人緣直線飆升。

重點是，遊戲機的正版卡帶一個要價一千多元，這男孩手裡提的這一盒，目測至少有兩、三萬元的價值。

「妳有沒有受傷？」男孩又問。

「沒有，只是很痛而已。」我揉揉發疼的手肘，又揉揉膝蓋。

男孩低頭看我的膝蓋，再伸手輕托起我的右手肘，仔細瞧了一下，「沒有破皮或瘀血，痛只是暫時的，忍耐一下就會過去了。」

「喂！你很冷血欸。」二哥不悅地說。

「我哪裡冷血了？」男孩困惑地望著二哥，「難道……要我幫她吹吹？」

吹吹？

我傻眼了，他當我是三歲小孩嗎？

「你少瞧不起人！」二哥被激怒了，一把揪住他的衣領。

「哥！我沒事，算了。」我急忙拽住二哥的手，怕他克制不住揮拳揍人，「我們快去魔亞買遊戲機吧，香草殿下說那家店有送贈品。」

二哥狠狠瞪了男孩一眼，才斂下怒氣鬆手。

我挽著二哥的手臂，朝前面走了幾步，發現不遠處有一家店，店門口圍著一大群人。

「那邊聚集了好多人，不知道在辦什麼活動？」二哥好奇地張望。

我抬頭看向那家店的招牌，見上頭寫著「魔亞」兩個字，雙腿不禁虛軟了一下。

這……這群人……該不會是來觀戰的吧？

「剛好是魔亞，我們過去看看。」二哥說著就要走過去。

「哥！」我用力拉住他，「有件事……我還沒跟你說。」

「什麼事？」

「就是……那個……」

突然，人群裡傳來一道宏亮的聲音：「PK時間到！弒夜，你該現身了吧？」

「好像是PK賽，我們先過去看看。」二哥神情興奮，拉著我擠進圍觀的人群裡。

「他會不會不敢來？」

「那種屁孩只敢出一張嘴，百分之九十九會臨陣脫逃。」

「可是都約戰了，不管對方來不來，御皇焱還是要出戰。」

「沒錯！要是那屁孩敢晃點大家，就叫紅蓮閻魔上報Vanilla，把他肉搜出來……」

聽到眾人的討論，我硬著頭皮放下後背包，拉開拉鍊拿出搖桿，然後將背包塞給二哥。二哥順手接過，只顧伸長脖子望著試玩機的方向。

我手拿搖桿慢慢穿過群眾，試玩機前面已經清出一小塊空間，右邊站著一位大哥哥。他的穿著打扮比較成熟，像是已經在工作的社會人士，左手卻拿著一把印著《火影忍者》角色的扇子，故作瀟灑地搧風。

我將帽沿壓得低低的，走到試玩機的左邊，拔起上面原有的搖桿，插上自己帶來的搖桿。周圍所有人同時靜了下來，我握著搖桿等候，被無數道目光刺得渾身不自在。

「呃……小姑娘，我們現在有活動要辦。」顯然是御皇焱的大哥哥開口提醒。

我點點頭，表示明白。

「知道的話，能不能請妳移步，先玩別的機台？」

「對不起！」二哥驚慌地跑過來，抓住我的手臂，「妳在幹麼？這裡是人家的PK場子。」

「我知道。」我轉頭望向右邊，可是因為身高太矮，我的視線被凸出的帽沿擋住，看不到御皇焱的模樣。於是，我只好把帽沿斜斜轉到側邊，同時露出自己的臉蛋，「我是弑夜，規則是搶二，對吧？」

御皇焱搧風的動作停住，戴著黑框眼鏡的斯文臉龐上，雙眼漸漸瞠大，嘴巴也張得彷彿能讓下巴都掉下來，露出不敢置信的吃驚表情。

「妳、妳是弑夜？」一個身材壯碩的男生從御皇焱的背後走出。

「你是誰？」我問，他的年紀看起來跟大哥差不多，應該是大學生吧。

「我是紅蓮閻魔。」

「版大好！」

圍觀的群眾「嘩」的一聲，場面頓時沸騰起來，大家似乎這才相信我真的是弒夜。

「沄萱，到底發生了什麼事？」二哥低頭在我耳邊小聲地問。

「我剛才其實是要跟你說，我前幾天跟網友約戰了。」

「妳瘋了！」二哥神情崩潰。

「哥，你先在旁邊等，我自己處理。」我把二哥推到一邊。

「請問……妳小學三年級嗎？」御皇焱上下打量我。

「我六年級！」我雙手插腰大聲糾正。

「等等。」紅蓮閻魔伸手壓了壓太陽穴，一副頭疼的樣子，「我看過妳的註冊資料，性別是男生，今年應該十九歲了吧？」

「我大哥說，網路上壞人很多，不可以填真實的資料。」

「見鬼了！弒夜竟然是個小蘿莉。」另一道帶著笑意的聲音響起。

「轉角遇到鬼？」聽見熟悉的口頭禪，我循著聲音看去，那裡站著一個濃眉大眼的男孩，外表也像大學生。

「正解！」

「我不是屁孩。」我對他之前的貶損耿耿於懷。

「是大哥哥說錯了，妳不要生氣喔。」轉角遇到鬼朝我露齒而笑。

我抿了抿脣，他親切的笑臉令我沒有辦法再生氣。

「你還要PK嗎？」紅蓮閻魔拍拍御皇焱的肩頭。

「這……」御皇焱掃了四周的人群一眼，露出爲難的苦笑，「知道弒夜是小蘿莉後，在下不管打贏或打輸，好像都強不到哪裡去。」

「年紀差多少？」

「整整差了一輪，十二歲。」

「這要怎麼PK呀……」紅蓮閻魔笑得尷尬。

「直接按對戰，就可以開始PK了呀。」我指著電視螢幕，不懂他們在猶豫什麼。

就在大家面面相覷，遲遲拿不定主意時，一道略帶沙啞的嗓音突然插話：「不然，我跟弒夜先打個暖身賽，打完後，你們再決定要不要對戰。」

所有人紛紛轉頭，圍觀的人群往兩旁分開，一名男孩從中間大步走出，是剛才害我跌倒的那個男生。

「我今年國一，年紀跟弒夜差不多。」男孩微微一笑。

聽到這句話，我心裡恍然明白了。原來御皇焱之所以猶豫，是因爲考慮到他的年紀比我大上一輪，如果打贏我，像是大人欺負小孩，臉上沒什麼光彩，而輸了又非常丟臉。

男孩可能猜到他的顧慮，才會跳出來自告奮勇，順便試試我的實力，讓御皇焱能夠決定是否對戰。

「請問你是？」紅蓮閻魔鬆了口氣。

「我是冷硯，寒冷的冷，硯臺的硯。」男孩回答。

「冷硯……好熟悉的名字。」

「閣下是掌上型電玩版的副版？」御皇焱收起扇子指著他。

「嗯。」冷硯點頭。

「見鬼了！副版主是個國中生？」轉角遇到鬼大感驚訝。

「掌上型遊戲機主攻十八歲以下的青少年市場，玩家年齡層較低，聽說版主也只是高中生，副版主才國中倒沒什麼好意外的。」紅蓮閻魔一邊說明，一邊瞥向冷硯提在手裡的收納盒，用手肘頂了頂轉角遇到鬼。

「現在的小孩眞有錢，好羨慕……」轉角遇到鬼一臉豔羨。

「段考必須拿到第一名，全國珠心算比賽也要第一名，奧林匹亞科學競賽要前三名，現在的小孩也活得很辛苦。」冷硯輕描淡寫地反駁，把背包和收納盒暫放在地上。

哇！照這個意思，他是靠優秀成績跟父母換來這些遊戲卡帶的？

我不禁對他投以欽佩的眼神，想到我買遊戲片的錢都是跟爸媽撒嬌討來的，再不然也有哥哥們會貢獻，心裡忽然有點慚愧。

「你玩過《生存格鬥3》嗎？」御皇焱將搖桿遞給冷硯，有些懷疑地問，畢竟冷硯看起來是專攻掌機。

「我沒有X遊戲機，不過以前跟同學借過，那時玩了一個月。」冷硯回答。

「弒夜，剛才妳還沒來的時候，御皇焱已經跟我打過熱身賽，現在讓冷硯陪妳暖個身，可以吧？」紅蓮閻魔笑咪咪的，用裝可愛的聲音哄小孩似的說。

「好。」我點點頭，可以暖身當然最好。

「幾場？」冷硯握著搖桿，啟動遊戲。

「五場。」我說。

「場景？」

「隨機。」

我和冷硯各自選好出戰的角色，遊戲畫面一個轉換，格鬥開始。

第一場的格鬥場景，是在一個地面積水的山洞裡，我的腦海中閃過Vanilla的戰略要點：有水的地方，就會附帶溼滑的效果。

我掃腿先攻冷硯的下盤，趁他腳底打滑時，施展四連拳進攻他的頭部，再配合側移走位，將冷硯逼到山洞的內側。

冷硯因爲陷入地形不利的狀態，完全落居下風，被我壓制得死死的。

「哇！弒夜的絕招使得挺熟練的，連段連得很流暢，看不出是小學生。」紅蓮閻魔充當解說員。

「見鬼了！小蘿莉還會藉走位誘敵，把對手逼到角落！」轉角遇到鬼跟著一搭一唱。

我沒有理會他們的評論，全神貫注地操控角色，很快，第一場和第二場都由我取勝。

電視裡傳來一聲巨響，我幾個連踢把冷硯的角色踹飛出去，他的身子撞斷一根石柱，第三場格鬥就此結束，我還是贏得十分輕鬆。

我轉頭看看冷硯，只見他氣定神閒地盯著電視螢幕，臉上沒有一絲戰敗的懊惱。

忽然間，他的嘴角微微勾了一下。

咦？

那一抹笑是什麼意思？

冷硯似乎察覺到我的注視，偏頭對我露出燦爛的微笑。

不對勁，他的笑讓我心裡有點發毛。

第四場格鬥開始，冷硯一改先前拖沓的打法，氣勢驚人地展開速攻，換成我被他逼進角落裡狂打，最後不幸落敗。

第五場，我不敢再小看他，拚盡全力與他纏鬥，最後贏得僥倖。

最後，我的戰績是五戰四勝。

我長長吁了一口氣，下意識望向冷硯。

冷硯把搖桿還給御皇焱，神色自若地一笑：「弒夜很強，你出戰吧。」

「弒夜，在下會使出百分之百的實力跟妳對決。」御皇焱收起扇子，接過搖桿。

「好。」我深深吸了口氣，心裡開始緊張。

「沄萱，加油啊！」二哥激動地緊握雙拳替我打氣，「要是妳贏了，二哥請妳吃麥當勞！」

我對二哥笑了笑，然後將視線轉回電視螢幕，PK賽正式開打。

御皇焱的戰鬥技巧跟爆發後的冷硯程度相近，每一招都必須小心應付，如果沒有適時防禦，就容易被他逮到機會壓著打。

第一戰，御皇焱勝，第二戰，我扳回一城，身後圍觀的人群躁動起來。第三戰，御皇焱全力猛攻，我一時招架不住，血條被他打到剩下一小截，場面靜了下來，彷彿勝負已定。

我無暇分神留意血條還剩下多少，只是屏息觀察對方的出招，最後終於抓到一個空隙，將御皇焱的角色踢上半空，趁著他的身體滯留在空中，無法防禦，連段將他KO！

周圍爆出一片驚呼聲，我的目光還停在電視螢幕上，接著整個人突然被衝過來的二哥抱住，高高舉了起來。

「她是我妹妹！她是我妹妹！」二哥抱著我又叫又跳。

「非常精彩的逆轉勝。」紅蓮閻魔用力拍手，滿臉不可思議。

「見鬼了！小蘿莉實在太殺了！」轉角遇到鬼也熱烈鼓掌。

在如雷的掌聲裡，御皇焱彎下身朝我伸出右手，我的腦袋一片空白，不明白他想要做什麼。

二哥連忙拉起我的右手，放到御皇焱的掌心裡，御皇焱握住我的手輕搖幾下，嘆了口氣：「多謝弑夜的賜教，在下回家後會立刻刪帖，永遠退出御夢幻境。」

「我只要你刪帖，沒有要你退出。」我搖頭。

「挑戰書是我發的，如果沒有依約退出，這豈不是言而無信？會被大家嘲笑的。」

二哥聽了，幫著我勸說：「御皇焱，久仰大名，我和大哥以前玩遊戲卡關時，曾經在論壇發問，當時你熱心地教我們怎麼破關，我們非常感激。如果你因爲這樣就離開，那我妹妹會變成千古罪人的。」

「對呀，論壇裡很多人都不會理睬新手的發問，少了你就可惜了。」紅蓮閻魔也開口慰留。

然而御皇焱的態度相當堅決，我滿心著急，不知道還能怎麼說，好讓他打消念頭。

「大家注意！」短暫消失了一會的轉角遇到鬼跑回來，顯得異常興奮，「剛才有人拍我的肩膀，你們猜是誰呀？」

「別說是Vanilla。」紅蓮閻魔表情微妙。

「嘿嘿！」轉角遇到鬼舉起右手，揮著一張紙條，「Vanilla有令！」

「不會吧！香草殿下眞的來了？」

「有，他剛才混在人群裡觀戰。」

我急急環顧四周，可是我不知道殿下長什麼模樣，而群眾也一陣騷動，爭相詢問殿下在哪裡。

「殿下有事先走了。」轉角遇到鬼咧嘴一笑，接著大聲念出紙條上的字，「Vanilla有令：帖子我會代爲刪去，網路上的誤會，大家見了面解釋清楚就好，同好一起切磋交流是開心的事，不要因爲擂臺上的勝敗，影響了大家對遊戲的熱愛，更不要壞了彼此的情誼，希望擂臺下能和好如初。」

「既然Vanilla這麼說，那麼我就厚顏留下來了。」御皇焱露出笑容，再度打開扇子慢慢搧風。

「太好了！」我拍拍胸口，鬆了一口氣，二哥則朝我吐吐舌頭。

紅蓮閻魔爲這次PK賽下了個總結：「經過這次事件，我明白即使是格鬥遊戲，也不只有男生在玩，玩家可能包含女生和小孩，而論壇是公開場合，發文時必須考量所有使用者的感受，回家後我將重新制定版規。」

「我也不應該，在論壇裡混久了，就倚老賣老，忘了在網路上發言的禮儀。」御皇焱也自我檢討。

「版大，轉角遇到鬼，見到你們眞高興……」二哥興奮地湊過去，很快跟大家聊起來。

然而，我的心情有一點點低落。

香草殿下明明都來了，爲什麼不現身跟大家見個面呢？

突然，我的肩頭被輕拍了下，一轉身便看到冷硯站在那裡。

「幸好殿下有出來打圓場。」冷硯微笑著說。

「對呀，否則我實在不知道該怎麼收尾。」我頓了頓，想起剛才跟冷硯對戰的情景，他的出招非常冷靜，而且那一抹笑讓我很介意，「這個遊戲，你眞的只玩過一個月嗎？」

「妳知道《生存格鬥》目前出到第幾代嗎？」冷硯反問。

「知道啊，最近剛出了第四代。」

「三代和四代的遊戲主機是X遊戲機，那一代和二代呢？」

「這我不知道。」

「一代是街機，二代是P遊戲機，而我有買P遊戲機。」

「所以你玩過二代？」我恍然大悟。

「特別練過。」冷硯點點頭，「雖然遊戲主機不同，操控起來的感覺當然不同，不過練了一個月，差不多也明白了。」

「臭屁！你前三場是故意讓我的吧？」

「既然是陪妳暖身，要是一開始就打敗妳，這樣好像不太合適吧。況且沒有讓妳贏的話，後面也沒好戲可瞧了。」冷硯燦笑。

哇！這傢伙真是表裡不一。

我雙手插腰狠狠瞪他，卻無法反駁什麼，因為如果冷硯一開場便把我殺得片甲不留，我肯定會失去自信，無法再跟御皇焱對戰。

冷硯迎上我彷彿想殺人的目光，悠然說：「不過第四場我就認真打了，我們算是各贏一場，平手，妳是我遇過最會玩遊戲的女生。」

「呃……」我抓抓頭髮，有點害羞，「這好像不是什麼值得稱讚的事。」

此時，一位身穿灰色西裝的老伯伯走來，傾身對冷硯說：「小少爺，該回家休息了，晚上還要補習英文。」

冷硯明亮的眼神黯下：「我必須回家了，有機會再對戰吧，再見。」

「再見。」我朝他揮揮手。

「我都待在掌上型電玩版，妳有空可以來看看。」

「好啊。」

老伯伯直接提起冷硯的背包和收納盒，用行動強迫他離開，冷硯跟在老伯伯身後，背影顯得有點孤單。

「冷硯！」我不禁喊住他，「那個……你有看到嗎？」

冷硯回過頭，露出不解的眼神。

我拉了拉裙子。

「粉紅小草莓的圖案。」

我的耳根頓時熱了起來，雙手捏著自己的臉頰，朝他吐吐舌翻白眼，扮了個大鬼臉。落寞的他竟因此綻開笑意，輕輕挑了下眉毛，帥氣的模樣讓我的心跳亂了一瞬，好像被這一笑給秒殺了。

我扭頭走回二哥身邊，御皇焱從背包裡拿出相機，跟我合拍了一張照片當作紀念，轉角遇到鬼還把Vanilla寫的紙條送給我。

「不知道香草殿下長什麼樣子……」我看著紙條，殿下的字跡十分秀氣，英文簽名很漂亮。

「他今年大三，我大四，比我還小呢。」紅蓮閻魔說。

「大三？」我和二哥同聲驚呼，沒想到香草殿下是大學生，而非社會人士。

御皇焱搖著扇子：「殿下長得很帥喔，不過理工宅嘛，個性多少有點古怪，他完全不讓人拍照。之前論壇上有人公布他對戰時的照片，馬上就被他運用站長權限刪掉了。」

「嘿嘿，我年初跟他對戰時，有偷拍一張他的照片。」轉角遇到鬼奸笑。

「大哥哥，可以給我照片嗎？」我雙手交握，可憐兮兮瞧著他。

「可是沒拍到正面。」

「沒關係的，拜託！」

「那妳給我電子郵件信箱，我回家後再寄給妳。」

「好，謝謝大哥哥！」

我雀躍地把信箱地址留給轉角遇到鬼，大家又聊了一下才解散。

熱心的御皇焱陪我和二哥在店裡挑遊戲機，當時X遊戲機才剛推出次代機，《生存格鬥4》也以次代機爲遊戲主機，這代表舊機會漸漸走進歷史，終將停售。

我們買了新的X次代機和《生存格鬥4》遊戲片，結完帳離開店家。

「妳要感謝我不小心弄壞遊戲機，才能換熱騰騰的新機。」二哥欠揍地說。

「新機剛發售很貴，如果舊機沒有壞掉，我還可以再玩一陣子，等到新機降價再買。」我回嘴。

「小蘿莉，早買早享受。」御皇焱不認同地搖搖扇子，「像Vanilla現在都玩次代機，因爲次代機有網路對戰的功能，妳只要上線搜尋他的玩家代號，就可以加他好友和邀請對戰。」

「眞的嗎？」我睜大眼睛，不敢相信可以加香草殿下爲好友。

「嗯，不過妳要再練得強一點。」御皇焱拍拍我的帽子，「網路上的格鬥神人一堆，而Vanilla現在是臺灣區《生存格鬥》榜積分最高的玩家，連神人都害怕的魔人。」

下午吃完麥當勞，我和二哥搭上回家的公車，坐在最後面的座位。

「沒想到妳這麼厲害，難怪早上跟妳對打，我一次都贏不了妳。」二哥難得誇獎我。

「哥，是你後來去玩網遊了，如果你有繼續玩格鬥遊戲的話，一定會練得比我厲害。」我眞心這麼認爲。

「早知道……就不玩網遊了。」二哥的眼神黯下。

「爲什麼？」

「高二下學期的時候，我在遊戲裡認識了一個女生，我們經常一起打怪聊天，還在遊戲裡結婚。我把零用錢和壓歲錢統統存下來，買了很多寶箱給她抽，沒想到……她竟然是個人妖。」

「人妖是什麼？」我不懂。

「就是他現實中是個男生，卻刻意用女角玩遊戲，他還傳他妹妹的照片騙我，讓我相信他是女生。」

「那你後來怎麼知道眞相的？」

「因爲他突然說不玩遊戲了，我問他爲什麼不玩，他才坦承他其實是男的，而且……還是和我同校的男同學，一個體型很像摔角手的大塊頭。他們班的男生都知道這件事，全在背地裡嘲笑我，我卻什麼都不知道……後來他還在網路上把帳號賣掉，賺了三萬多塊，那個帳號的高等裝備都是我貢獻的。」

「好過分！這根本是詐騙，應該報警把他抓起來！」我聽了很生氣，語氣有點激動。

「是我自己笨，能怪誰？」二哥摀住我的嘴，示意我說話小聲一點，「反正妳不要像我一樣，傻傻地跟沒見過面的人談網戀，只透過文字和語音的交流，是無法完全了解一個人的。」

「我才不會呢，學校裡有那麼多男生，我跟他們天天見面，也沒有喜歡過誰，怎麼可能喜歡上沒見過面的人？」

「網戀只能用文字和語音對話，等於是在跟自己的想像談戀愛，很容易讓人深陷其中，而且我甚至蠢到連對方的聲音都沒聽過。不過戀愛最終還是要回歸現實，因此很多網戀都是見光死，讓人爲此落得遍體鱗傷。」

「我沒有那麼笨，絕對不會談網戀的。」我非常篤定地說，堅信自己不可能重蹈二哥的覆轍，「哥，你會想報復那個人妖嗎？」

「我很想揍他一頓！不過昨晚跟大哥聊了一下，大哥要我認眞衝刺指考，考上好大學，找個好女孩交往，這才是最佳報復方式。」二哥的眼底燃起一絲鬥志。

「我贊同大哥的話，二哥加油！」我雙手握拳爲他打氣。

二哥沒好氣地笑了笑，跟我談開以後，他煩躁的情緒似乎也平息了。

回到家，二哥把遊戲機安置在我的房間裡，接上電腦螢幕，還設了個開關，以便跟電腦畫面互相切換。

「遊戲機就放這裡讓妳保管，這樣我才不會想去玩它，妳也可以努力練功，邁向格鬥大師之路。」二哥拍拍遊戲機和電腦，對自己的決定相當滿意。

「謝謝哥！」我開心地抱住他。

「妳都幾歲了，不要動不動亂抱人。」二哥紅了臉，伸手推開我。

「給人家抱一下又怎樣嘛。」我嘟囔。

「萬一被別人看到會很丟臉。」

「哪裡丟臉？」

「各方面都很丟臉！」二哥嫌棄地撣撣衣服。

我故意甩著頭朝他懷裡鑽去，二哥被我蹭得哇哇叫，掙扎了一會兒才舉雙手投降。

後來，二哥幫我申請了一個玩家帳號，因爲進行網路對戰需要開通付費會員，所以他建議我先玩單機模式，等到放暑假，玩的時間多了，再上線對戰。

晚上，我開啟電腦登入御夢幻境的論壇，點進御皇焱之前發表的帖子裡，內文已是一片空白，刪除者爲Vanilla。

御皇焱發了一篇新帖，向大家交代今天的對戰結果，裡面還附上我跟他臉部打了馬賽克的合照，而帖子下的回應相當熱鬧。

Vanilla：早上起來看到挑戰書，我就忍不住去觀戰了。

轉角遇到鬼：殿下太低調了，戴著帽子和口罩，一眼根本認不出來。

紅蓮閻魔：殿下怎麼可以偷偷來又偷偷走？也不跟大家見個面。

Vanilla：偷偷看比較有趣，況且今天的主角不是我。

御皇焱：弒夜小蘿莉沒見到殿下，很失望呢！

Vanilla：我有看到她，長得很可愛，跌倒的模樣也可愛。

紅蓮閻魔：跌倒？在哪裡？

轉角遇到鬼：見鬼！是四腳朝天嗎？

御皇焱：還是臉部著地？

冷硯：殿下……有看到她跌倒？

Vanilla：正巧路過。

弒夜：冷硯！都是你害的！我要殺了你！

嗚嗚嗚嗚嗚……

都是冷硯的錯！害我被香草殿下看見跌倒的糗樣了。

我撲到床上翻來滾去，努力回想，還是想不起來跌倒時，附近有什麼人。

原來香草殿下曾經離我那麼近。

他當時是不是笑了？

會不會覺得我摔倒還露出內褲很難看？

我糾結了半天，不甘心地揉去眼角的溼潤，回到電腦前，發現我的信箱有一封新郵件，是轉角遇到鬼寄來的。

小蘿莉，分享Vanilla的玉照一張，只限收藏，不得轉傳。

點開附件的照片，我的心咚地重重跳了一下。

照片中，擺滿遊戲片的貨架前，佇立著一個挺拔的男孩背影，他身穿白襯衫及深色牛仔褲，身形偏瘦，雙腿十分修長。

因爲拍照角度的限制，只能見到他右手插在褲袋裡，左手拿著一款遊戲，低頭看著外盒上的簡介。柔軟的瀏海垂落下來，稍稍蓋住他的眼睛，只露出一點點的側臉。

我捧著雙頰注視那張照片，傻傻地勾起微笑。

Vanilla在我心裡的模糊形象，這一刻變得立體鮮明起來。

那一點點引人遐想的側臉，還有氣質出眾的背影，就此深深烙印在我的心底。

第二章　香草師父

隔天，我到御夢幻境的掌上型電玩版逛了一圈，發現冷硯正在跟網友筆戰。爬了一下文了解前因後果，我才知道原來是上次PK事件的餘波。

當時跟冷硯借遊戲卡帶的幾個玩家，由於嘲笑我跌倒，被他當眾討回卡帶後，覺得很沒面子，因此在討論版上公開這件事。他們除了指責冷硯做得太過分，還把我的內褲顏色和款式昭告大家。

冷硯回文警告，表示他們已經違反兩條版規：禁止討論與遊戲不相干的內容、禁止發表涉及人身攻擊和誹謗他人的內容。

或許是掌上型電玩版的玩家年齡層較低，其中不乏國中生和小學生，支持冷硯的網友立刻跳出來護航，雙方人馬很快戰成一團，還偏離主題相互以言語攻擊，戰到最後都不知道在吵什麼了。

我用論壇的私訊功能傳訊給冷硯。

弒夜：你不要管他們，愛講就隨他們去講，你越阻止，他們會越故意。

冷硯：這樣太對不起妳。

弒夜：你害我跌倒，還讓我被香草殿下看到丟臉的樣子，早就對不起我了！

冷硯：至少殿下對妳印象深刻。

什麼跟什麼呀？

我才不要這種印象深刻。

關掉訊息視窗，我兀自生著悶氣。即使弒夜在網路上只是一個暱稱，可是被人這樣議論，我心裡還是很介意。

後來冷硯再三警告，大家依舊吵得不可開交，於是他直接把鬧事的會員全部禁言三天，這起事件才逐漸落幕。

鬧劇結束後，我不再造訪掌上型電玩版，畢竟我沒有那款遊戲機，對相關話題並不熟悉，倒是開始在X遊戲討論版留言，跟大家交流心得。

時序進入六月，我即將從國小畢業，二哥提前幫我開通了遊戲機的付費會員。

我上線在玩家搜尋欄輸入「Vanilla」，系統很快找到他的玩家檔案，我戰戰兢兢送出加入好友的請求，不過片刻，殿下竟然同意了。

我雙手摀著臉頰興奮地尖叫，螢幕上接著跳出一則訊息，是Vanilla邀請我加入他的派對。

「派對」指的是多人線上聊天系統，由於遊戲機必須以搖桿操控，不像電腦能夠用鍵盤打字，因此聊天多半以語音爲主。

我按下確定，打開派對名單，裡面有五個玩家代號，代號前方都有語音聊天的圖示，這表示我可以聽到殿下的聲音。

我戴上耳麥，清了清喉嚨：「大家好，我是弒夜。」

「小蘿莉！妳終於來了，我是紅蓮閻魔。」

「在下御皇焱。」

「我是轉角遇到鬼。」

「冷硯。」

「我是Vanilla，很高興見到妳。」

五人一一報上暱稱，都是我熟悉的玩家，只有最後一道聲音是完全陌生的男聲，低低柔柔的乾淨音質含著淺淺笑意，聽起來非常舒服悅耳。

「香草殿下……」我的雙頰莫名熱了起來，心跳微微加速，「我原本不會玩遊戲，是因爲兩個哥哥很喜歡玩，我才跟著他們一起，沒想到越玩越有興趣。」

「嗯，X遊戲機的遊戲類型比較硬派，確實大多是家裡有兄弟或男友在玩的女生，才會跟著陪玩。」Vanilla回應。

溫醇的嗓音透過耳機傳來，在耳邊迴盪，我撫著自己滾燙的臉龐，一時不敢相信自己眞的正在用語音和香草殿下聊天。

「我的兩個哥哥都很崇拜你！」我興奮地說。

「那小蘿莉妳呢？」御皇焱插話。

「殿、殿下也是我的偶像……」我有點害羞。

「我知道。」Vanilla輕笑。

「咦？你知道？」

「因爲……凡走過必留下痕跡。」

低低的竊笑聲響起，我歪頭思考了幾秒仍想不通，卻又不好意思直問，只能先把其他人加入好友，以掩飾這短暫的尷尬。

加完好友，我提出要求：「殿下，我可以跟你PK嗎？」

Vanilla略微沉吟：「妳先跟他們玩，我接一下挑戰書。」

「誰的挑戰書？」

「北美和日本的玩家。」Vanilla說完，離開了派對。

「殿下只要一上線，挑戰書就如雪片般飛來。」御皇焱語帶羨慕。

「誰叫他是臺灣區格鬥積分最高的魔人，各方都想挑戰他。」紅蓮閻魔接話。

「當第一名很累的。」冷硯似乎有感而發。

「冷硯，你怎麼也在這裡？」他主要是玩掌上型遊戲機，所以我很意外。

「PK賽後，我也買了X遊戲機。」冷硯回答。

「你是不是因爲被小蘿莉打敗，受到很大的刺激？」紅蓮閻魔笑問。

「嗯。」冷硯不否認。

「你該不會對小蘿莉一見鐘情吧？」御皇焱調侃。

冷硯沒有吭聲。

「呵呵……你們兩個有鬼喔！」轉角遇到鬼笑得曖昧。

「哎呀，你們不要亂講，我們來PK吧。」我趕緊轉移話題，深怕再講下去會變成跟冷硯湊對。

隨後，我輪流跟大家格鬥，打得熱血沸騰。幾場比試下來，我贏了紅蓮閻魔和轉角遇到鬼，而御皇焱和冷硯比較不容易對付，雙方各有勝敗。

「打輸小學生真的很丟臉。」紅蓮閻魔的語氣略顯尷尬。

「見鬼了！嗚嗚……」轉角遇到鬼假哭，「枉費大哥哥對妳那麼好，還寄照片給妳，妳也不手下留情。」

「誰的照片？」冷硯好奇地問。

「就是PK賽那天的照片！」我搶先回話。

轉角遇到鬼噗哧一笑。

冷硯慢慢地「喔」了一聲，似乎不太相信，不過也沒再多問。

眼看香草殿下還未回來，我忍不住提出心裡的疑問：「對了，殿下剛才說，凡走過必留下痕跡，那是什麼意思？」

御皇焱忍著笑意解釋：「小蘿莉，Vanilla是學資訊工程的，他應該有進行網站監控，舉凡妳在論壇上的一切活動，去過什麼討論版、看過什麼帖子、在各個頁面逗留了多少時間，只要調出妳的IP資料便一目了然。」

「所以……我看過什麼帖子都會被監控到？」我頭皮發麻。

「妳該不會一天到晚偷窺殿下吧？」轉角遇到鬼調侃。

「嗚……」我雙手摀著臉哀號，耳根整個燒了起來。

加入論壇以來，我最常點閱的就是殿下的帖子和影片，而且每天上線時還會查看他的個人資料，留意他有什麼動態。

聽到我的慘叫，所有人大笑起來，糗得我好想直接鑽到地心。

「回來了。」Vanilla的話音穿透笑聲。

「戰績？」紅蓮閻魔問。

「全勝。」

「殿下太強了！請接受我的膜拜。」

「剛才你們在笑什麼？」

「沒什麼沒什麼！」我連忙出聲，就怕大家抖出剛剛的事，「殿下，我可以跟你PK了嗎？」

Vanilla靜了幾秒，輕聲說：「我怕妳輸了會哭。」

「噗！」

「哈哈哈……」

耳機裡又傳來毫不留情的笑聲，我有些生氣，覺得自己被看扁了。

「我是認真的。」Vanilla嗓音略沉。

笑聲瞬間消失，靜悄悄的，沒有人敢再說什麼。

「我也是認眞的。」我強調。

「好，那PK吧。」

我拿起搖桿啟動遊戲，選定出戰的角色，沒想到殿下也選了同一個角色。

「咦？雙方使用同樣的角色。」紅蓮閻魔很詫異。

「有點微妙。」御皇焱接口。

隱約能聽見壓低的討論聲，其他四人應該都進入觀戰模式了。

螢幕畫面轉換，場景是夕陽斜照的庭園裡，一旁有數棟日式屋舍，還有一座紅色的拱橋，拱橋前栽著櫻花樹，落英繽紛，相當唯美。

格鬥開始。

我率先攻向殿下的角色，腦海裡閃過一連串的招式順序，我打算和平常一樣，依序施展出華麗的必殺技。首要目標是頭部，我順利擊中，然而殿下立刻格擋下我的攻勢，就在我換招準備切入腿部攻擊時，他趁隙阻斷了我的連技。

一陣勁疾的拳風襲來，我被擊退數步，殿下用的正是我剛才對他使出的必殺技，招式完全相同。

我再度揮拳進攻殿下的腹部，可是他似乎算準了我的出招，迅速攫住我的手腕，翻身一記後踢，將我高高踹上半空。

緊接著，他飛身躍到空中抱住我，以頭朝下的姿勢旋風般下墜，轉瞬重重把人給爆頭。

KO！

我傻住了，這也太快了吧！

接下來的幾場格鬥，殿下都彷彿能預測我的招數，不斷地打斷我的連招。

最後三場，他乾脆不再主動出擊，而是好整以暇地等我進攻後，再一一化解掉攻勢，輕鬆將我解決。

我們對戰了十場，我十場全敗。

「我輸了……殿下好強。」握著搖捍的手微顫，我的自信心完全被擊潰。

「不是因爲我很強，而是妳的出招很好懂。」Vanilla的聲音清冷。

「因爲我是小學生嗎？」

「不是。」

「那是爲什麼？」

「因爲妳模仿的對象是我，我面對妳就像照鏡子一樣，妳的每一個出招我都非常熟悉，所以更容易反擊。」

我低下頭，無法直視螢幕，心中交織著丟臉、氣憤、不知所措，還有被揭開心思的羞慚感。

兩年來，我躲在電腦後追隨著殿下的腳步，以爲沒有人發現，沒想到他在電腦那端，早就察覺了我的窺視；更丟臉的是，我模仿他的招式去跟御皇焱格鬥，贏了之後還沾沾自喜，甚至傲慢到妄圖挑戰他。

「咳……」轉角遇到鬼輕咳一聲，「小蘿莉，妳在哭嗎？」

「沒有。」我微微哽咽，咬緊牙關忍住淚水。

「勝敗乃兵家常事。」御皇焱語帶關心，「Vanilla是妳效法的對象，徒弟打不贏師父，這也是正常的。」

「對呀，妳的悟性很高，像我想學都學不會呢。」紅蓮閻魔打圓場。

「殿下的下手很狠。」冷硯好像在幫我說話。

「弒夜，妳希望我剛才讓妳幾場嗎？」Vanilla沉聲問。

「我才不要你讓我！」我眨眨眼睛，眼淚無法控制地滾落下來，「我要下線了，再見！」

語畢，我摘下耳麥關掉遊戲機，起身撲到床上。

我躲在房間裡哭了很久，覺得自己好糟糕。

香草殿下是品質精良的正版貨，而我卻是劣質的盜版品，盜版還敢向正版挑戰，真是超級丟臉。

我沒臉再上御夢幻境，連格鬥遊戲都不想碰，甚至拔掉遊戲機的網路線，改玩二哥推薦的一款潛行遊戲《忍殺》。

所謂的「潛行遊戲」，是玩家要扮演刺客潛入敵營，運用地形藏匿自己的行蹤，以執行暗殺任務。

只要不被敵人發現，玩家便能發動各種暗殺術，一刀一個將敵人秒殺；但是相反的，如果行蹤不小心暴露了，任務就會失敗，被大量小兵圍剿到死。

「哪有刺客的武術那麼爛，只能從背後暗殺，不能正面打鬥？」我玩到差點摔搖桿，這種必須躲在暗處伺機而動，不能直接衝出去對決的遊戲方式，簡直考驗智商和耐性。

日子在不斷被小兵圍剿、不停GAME OVER的循環中過去，我終於迎來國小的畢業典禮。

典禮只花了一個早上的時間，我中午就回到家了。

家裡沒人在，我百無聊賴地打開遊戲機，卻提不起勁玩暗殺遊戲。

這個時間點，大學生應該都在上課吧？我心想，決定上線看看最近有什麼新遊戲發售。

我重新連接網路線，沒想到才登入帳號，螢幕上立刻跳出一個訊息，Vanilla邀請我用私人語音交談。

我嚇了一大跳，猶豫了幾秒才硬著頭皮接受他的邀請。

「弒夜，妳跟我一樣蹺課嗎？」Vanilla的聲音啞啞的。

「誰跟你一樣蹺課，我今天畢業了。」我低聲反駁。

「呵……恭喜畢業。」

「殿下怎麼可以蹺課？」

「早上起床發現有點感冒，才沒去學校上課。」

「感冒要多喝水多休息，不可以玩遊戲！」我用訓斥的口吻說。

「我剛睡醒，只是上線發個語音訊息。」他輕輕笑了聲。

「訊息晚點發不行嗎？」

「不行，昨天跟人約戰了。」

「感冒還約戰？萬一輸了會倒扣積分的，你還是取消比較好。」

「我就是要取消呀。」

「喔。」

「呵呵，妳都這樣管妳哥哥嗎？」

「我才沒有。」或許是感冒的關係，殿下說話的嗓音特別輕，略帶慵懶，聽起來好像在耳邊低語，讓我的耳朵微微熱了起來。

「妳在玩《忍殺》嗎？」Vanilla突然問。

「嗯。」玩家檔案會記錄玩過的遊戲，他應該正在看我的資料，才會知道我玩了什麼。

「好玩嗎？」

「還好……我覺得躲躲藏藏地殺敵，玩起來好麻煩。」

「那種潛行暗殺類的遊戲，必須結合打鬥技巧、戰術和策略，我也不太擅長，還是格鬥和可以正面對決的遊戲，玩起來比較爽快。」他的話音有點含糊，我隱約聽到喝水的聲音。

我滿心詫異，原來殿下喜歡玩的遊戲類型跟我一樣。

「不過冷硯倒是很厲害，可以一個人神不知鬼不覺滅掉一屋子的人。」

「冷硯？」

「嗯，他專攻暗殺類遊戲。」Vanilla慢悠悠地解釋，「其實他們每個人各自都有擅長的遊戲，像紅蓮閻魔專精賽車遊戲，御皇焱擅長射擊遊戲，轉角遇到鬼熱愛恐怖遊戲，格鬥遊戲只是他們的消遣。而妳，最喜歡格鬥遊戲。」

「我不喜歡格鬥，我要下線……」我下意識想迴避這個話題。

「弒夜。」Vanilla提高聲音打斷我的話，「當妳的技巧練得越好，就會遇到越強勁的對手，那些對手都能使出很厲害、甚至跟妳一樣的招式，到時候妳要怎麼贏過對方？」

我低頭盯著手裡的搖桿，想起武俠小說裡經常提到，當高手對決時，誰能先破解對方的招式，誰就是贏家。

「應該要破解對手的招式嗎？」我小聲回答。

「沒錯，當大家都想組出厲害的連技時，我思考的是，當對手使用某個招式時，我要怎麼破解並加以反擊。」

我蹙起眉頭，腦海裡閃過一個模糊的想法，似乎明白了什麼。

「就像上次的對戰，妳跟我都能夠使出相同的招式，但是我贏了，妳卻輸了，差別在哪裡？」

「啊！我不會破解你的招式，而你想過該怎麼破解，對嗎？」我恍然大悟，難怪我的出招一直被殿下阻斷，然而輪到他出招時，我總是招架不住。

「厲害的招式人人都能學，找出破解和反擊的方法才是個人的修練，懂了嗎？」

「我懂了。」

「那妳還會怪我太狠嗎？」

「不狠嗎？你連續十場打爆我耶……」

「要讓妳自行醒悟呀。」

「殿下眞壞心！」

Vanilla低低笑了起來。

「那你……」我遲疑地問，「會討厭我學你嗎？」

「一點都不討厭，像教出一個小徒弟。」他的語氣肯定，似乎沒有敷衍的意思。

「那我可以認你當師父嗎？」

「嗯。」

「眞的嗎？耶！」我不敢置信，興奮地跳起來，只覺開心無比。

「不過……」Vanilla突然嘆氣，「我應該鼓勵妳好好念書才對，教妳打電動好像在誤人子弟。」

「才不是誤人子弟，我會認眞念書，不會丟師父的臉。」我拍胸脯保證。

「好，會玩又會念書，這才是乖徒兒。」

「師父，總有一天，我一定會打敗你！」我立下誓言。

「好，我等妳。」Vanilla再次輕笑。

隔天晚上，我剛剛上線，立刻被紅蓮閻魔邀入派對。

「小蘿莉，妳消失了一個禮拜，跑去哪裡玩了？」紅蓮閻魔笑問。

「在忙畢業典禮呀。」我撒了個小謊，其實遊戲還是照玩，只是沒有連上網路讓大家知道而已。

「我還以爲妳被殿下氣跑，不會再回來了。」轉角遇到鬼說。

「沒有沒有，我沒生他的氣。」我連忙澄清。

「小蘿莉，我必須幫Vanilla說話，跟妳對戰實在是件很糾結的事，到底要把妳打倒？還是應該讓讓妳？這很難取捨。」御皇焱以過來人的身分表示。

「我明白……」

「妳已經畢業了嗎？」冷硯出聲。

「嗯，昨天是畢業典禮。」

此時，Vanilla加入派對了。

「師父好。」我害羞地喚。

「乖徒兒。」他佯裝嚴肅地應了聲。

一片驚呼在耳機裡炸開，刺得我的耳朵有點痛。

「見鬼了！怎麼變成師徒關係？」

「殿下！你什麼時候收小蘿莉當徒弟的？」

「在下嚇得虎軀一震，沒想到你們倆暗中……」

眾人七嘴八舌逼問，Vanilla淡淡回答：「轉角遇到鬼說我把小女生弄哭，御皇焱說我是弒夜效法的對象，紅蓮閻魔又說她悟性極高，而冷硯嫌我太無情，面對這麼多說法，我不得已只好收徒了。」

一席話把收徒的事推到四人身上，大家靜默了幾秒，很快又炸了開來，紛紛笑虧殿下是蘿莉控，吵鬧了好一會兒。

「冷硯，聽說你很會玩《忍殺》？」我開了個話題，想幫師父解圍。

「還可以。我剛才看過妳的玩家檔案，妳是不是也有玩？」冷硯反問。

「嗯，可是還沒有全部破關。」我吐吐舌。

「這款遊戲有線上合作模式，要不要跟我玩一場？」

「好啊！」

「又有好戲可看了。」紅蓮閻魔嘿嘿兩聲。

「小蘿莉，跟冷硯玩過之後，妳別又跑得不見蹤影。」轉角遇到鬼提醒。

「放心，我保證不會。」既然認了Vanilla當師父，我絕對會賴他賴到底。

冷硯啟動《忍殺》遊戲，選擇了合作模式，螢幕上的畫面一個轉換——

忍者頭目交付一件暗殺任務：京城裡有個富商勾結官府，欺壓百姓，還強搶民女，玩家必須暗殺富商，並救出那些民女。

於是，在月黑風高的夜裡，我跟冷硯兵分兩路，一起潛入富商的宅邸。

我的角色穿著黑色忍者服，腰間佩帶忍刀，蹲踞在東邊牆頭上。

下方的庭院裡有兩名帶刀武士在巡邏，我趁著其中一個武士走到牆邊時，縱身躍下落在他身後，左手勒住他的頭，右手一刀劃過喉嚨，頓時血花四濺。

我將武士的屍體藏在花叢間，等另一個武士巡邏回來，又用同樣的手法解決他。

收拾掉兩人，我甩出長長的鉤索，勾住前面一棟屋舍的屋簷，利用索繩飛身躍上屋頂，沿著長長的屋脊走到另一端。只見下面的院裡有七個武士，四個在巡邏，三個則在烤火喝酒。

七個……這麼多人要怎麼暗殺啊？

就在我苦惱著不知該如何下手時，一道黑影倏地貼近，是冷硯的角色過來會合了。

「怎麼辦？」我問他。

「很簡單，妳用鉤索勾住對面的牆頭，飛過去跳到他們背後，再暗殺。」他說得容易。

「火光那麼亮，這樣不會被發現嗎？」

「不會。」

「那你呢？」

「我負責暗殺巡邏的人。」

「好吧，我試試。」我拋出鉤索勾住對牆，咻地飛躍過去，算好距離再放開索繩，輕輕巧巧落在烤火的三個武士背後。

剎那間，三個武士霍地跳起來，吆喝另外四個武士過來包圍我。暗殺就是得暗地裡來，只要被敵人發現，暗殺條件便不成立，只能正面跟他們對決了。

「冷硯！你騙我！」我氣得大罵，舉刀朝敵方揮砍了幾下。

耳機裡傳來一陣竊笑聲，連Vanilla都用咳嗽掩飾自己在偷笑。

七個武士舉著武士刀，惡狠狠地逼向我，我一路退到圍牆角落。這時，一道黑影鬼魅般從半空中跳下，落在那七人身後。

七人的注意力全集中在我身上，完全沒意識到自己身後多了個人。

冷硯的角色抬起臉，神情冷若冰霜，他瞬間發動連續暗殺技，刀光如流星般劃過，七個武士轉眼在我面前相繼倒下。

第一次看到傳說中華麗的連續忍殺，我呆若木雞。

連續忍殺的條件是，所有敵人要聚集得夠近，如果有任何一個距離太遠，連續忍殺便會停止。

「精彩！第一次看到連續七忍殺。」讚嘆聲響起。

「那也不能利用隊友吧！」我對著耳麥大罵。

「這是合作模式，妳是配合，我不算利用隊友。」冷硯笑了。

「至少他沒有讓妳死。」Vanilla忍俊不禁。

「什麼意思？」

「妳問冷硯，他是怎麼玩《火線狙殺》的？」

「喂！你都怎麼玩的？」我氣呼呼地問。

「那款遊戲是軍事暗殺的類型。」冷硯忍著笑，「遊戲開始時，系統會分配三個隊友給玩家，但是他們的狙擊技術太爛，常常扯我的後腿，害我還要分神保護他們，所以……」

「怎樣？」

「遊戲一開始，我就設定隊友之間可以互相攻擊，先殺掉他們三個。」

我驚愕地看著遊戲裡酷著臉的冷硯。這傢伙實在太冷血、太恐怖了，惹不起啊！

「走吧，我們再去暗殺。」冷硯催促。

「我要走你後面。」我一點也不想再被他利用。

「好，那妳跟緊。」

就這樣，我跟在冷硯的屁股後面，看著他使出各種奪目的暗殺技，幹掉一整屋的武士。

最後，他跟富商大BOSS正面對決，我負責清掉BOSS旁邊的兩個護衛，卻被護衛砍了幾刀，冷硯立刻跑過來幫我擋刀，順道揉了個御飯糰給我補血。

任務結束，系統統計兩人的暗殺分數，我的分數慘不忍睹，還被大家取笑。

經過這次合作，冷硯那喜歡玩掌上型遊戲機、笑起來單純無害、外表陽光的形象，在我的心裡完全崩壞。

這傢伙根本是腹黑星來的抖S王子！

畢業典禮過後，爸媽白天都在上班，哥哥們也要上課，所以家裡大多數時候只有我一個人。

我平常就窩在房間裡上網打電動，媽媽每天會替我留飯菜在冰箱，中午我再自己拿出來熱了吃，也不需要出門買午餐。二哥因此笑我越來越宅，但天氣那麼炎熱，待在家裡吹冷氣不是很舒服嗎？

如今每次上線時，只要Vanilla在線，他都會陪我對戰個幾場，教我一些反擊的技巧。

所謂的反擊，不是傻傻等敵人出招結束才發招，而是得在敵人出招的同時，洞悉出招方位和模式，迅速截斷他的攻擊，再加以回擊。

以武俠小說中的「空手奪白刃」來比喻，便是當敵人舉刀朝你刺來時，你必須在刀子刺到自己身上的前一刻接住刀子，迅速將刀子搶過來再反刺回去。

如果你沒有接住刀子，那後果會怎麼樣？

當然是被敵人直接捅死。

所以，反擊成功，生；反擊失敗，死。生死只在一瞬間。

而能夠在格鬥中精準地做出判斷，抓住那短暫的機會反擊對手，這是多麼高深又令人神往的境界。

Vanilla告訴我，在電腦網遊的世界裡，通常必須擁有神裝、神武、神寵，PK時才有勝算，而爲了得到很好的裝備和寵物，就得投入大量的金錢和時間才能超越他人。

然而在遊戲機的世界裡，許多動作遊戲並沒有所謂的神裝神武神寵，靠的只有「技術流」，強者不用砸錢也能稱霸，這正是他喜歡玩遊戲機，不愛打網遊的原因之一。

我的師父Vanilla，目前是臺灣區《生存格鬥》積分榜第一名，世界排名第九的魔人。

我在心裡暗暗發誓——我也要像他一樣成爲技術流的人！

後來，我在遊戲機的觀戰模式中，見識到不少技巧極佳的遊戲魔人。

例如冷硯的潛行暗殺，那快狠準兼與敵人鬥智的打法，簡直無人可匹敵，很難想像他只比我大一歲而已。

例如轉角遇到鬼玩的遊戲比較另類，他喜歡三更半夜拿著電鋸，跟喪屍鬼怪泡在一起，解開劇情裡各種奇奇怪怪的謎團。

還有射擊類的槍戰遊戲，用電腦鍵盤和滑鼠來玩絕對是最佳選擇，但御皇焱卻可以單靠小小的搖桿推移，迅速又精準地點射，將敵人一個個爆頭。

而紅蓮閻魔專精的則是賽車遊戲，當時有一款很熱門的賽車遊戲，這款遊戲跟一般的競速型賽車不同，講究暴力美學，玩家必須衝撞敵車以獲得加速力。說得簡單點，就是你撞爛我、我撞爆你，讓對手不能順利抵達終點，相當於以賽車來格鬥。

七月中旬，該遊戲的公司在魔亞遊戲專賣店舉辦過一次比賽，當時由紅蓮閻魔拿下臺灣區總冠軍，後來大家就約了一天晚上跟紅蓮閻魔一起「尬車」。

3、2、1，GO——

螢幕上的讀秒結束，六台車子同時加速衝出去。

過沒多久，大家開始互相陷害，紅蓮閻魔向右猛撞，把Vanilla的車撞到人行道上。

「師父！我來救你！」我馬上按下加速鍵，車子的排氣孔噴出陣陣火花，左掃冷硯和御皇焱，右撞轉角遇到鬼，再一路向前殺去，狠狠一撞紅蓮閻魔的車屁股。

「哎喲！」紅蓮閻魔被我撞得打轉半圈，斜斜衝上中央分隔島。

「徒兒，謝了。」Vanilla輕笑。

「嘻嘻！」我開懷地朝師父追去，只是追，沒有撞，因為徒弟不能對師父無禮。

就在行經一個岔路口時，冷硯突然抄捷徑從右邊的小路衝出來，攔腰撞上我的車身，整台車子被掀翻，在地上滾了幾圈。更慘的是，紅蓮閻魔也從後面追上，把我的車子再度撞飛。

系統會以慢動作播放撞車的畫面，讓玩家能夠好好欣賞整個過程。

只見我的車子在空中緩慢翻滾，車體的零件和碎玻璃四處飛灑，車身落到地上還繼續滾，兩個輪胎跟著彈出去，直到終於停下來的時候，車子已經嚴重變形，成了一堆廢鐵。

系統顯示狀態為撞毀。

「呀呼！」轉角遇到鬼從我旁邊呼嘯而過。

「在下不是故意的。」御皇焱輾過我的車屍。

「冷硯！你給我記住！」我氣沖沖地大吼。

「我記住了。」冷硯涼涼地笑。

「徒兒，師父幫妳報仇。」Vanilla沉聲說。

「殿下，來對決吧！」紅蓮閻魔的聲音傳來。

雖然我的所在位置完全看不到三人競速的畫面，不過聽他們的對話，師父和紅蓮閻魔、冷硯似乎正在纏鬥當中。

「怎麼了？」我急問。

不久，紅蓮閻魔和冷硯同時大叫：「不好！殿下來這招！」

「殿下甩尾撞翻紅蓮閻魔和冷硯的車，再啟動自爆，三台車同歸於盡。」御皇焱笑得停不住。

「哈哈哈……師父，你太犧牲了吧！」我大笑。

「為了徒兒，師父再犧牲都值得。」Vanilla故作認真。

「見鬼了！你們師徒倆在閃什麼啊？」轉角遇到鬼怪叫。

「就是說，真不爽。冷硯！」紅蓮閻魔喊。

「嗯？」冷硯疑惑。

「我收你爲徒。」

「如果你是要拜我爲師，我倒是可以考慮三秒。」

「臭小鬼！這麼猖狂。」紅蓮閻魔又氣又好笑。

「哈哈哈！冷硯眞不給面子。」御皇焱和轉角遇到鬼同時大笑。

這時候，一個語氣帶著點撒嬌的甜膩女聲隱約響起：「……不要一直打電動嘛，你不是說要陪我逛街嗎？」

耳機裡頓時靜了下來，連一絲呼吸聲都沒有。

「你都不陪我，只陪你的電動，電動比我還重要嗎？」女聲忽地變得清楚，甜甜軟軟的聲調，讓我聽了有點噁心。

我伸手摀住嘴巴，那個女孩子的第一句話比較小聲，應該離耳麥有一段距離，後來轉爲清晰，大概是把嘴巴貼到了耳麥旁，甚至搞不好是坐到了男方的腿上，或從背後抱住了男方。

不知道是誰的女朋友？

隔了一會，Vanilla沒轍地輕笑：「各位，我有事先下了，你們繼續玩。」

我的心沉了沉，感覺有點刺刺的，面對螢幕呆了好幾秒，這才接受師父已經有女朋友的事實。再打開派對名單，他的名字已經不在其中了。

「見鬼了！那個女生的聲音眞好聽，難怪殿下會把持不住，被她嗲一下就急著下線。」轉角遇到鬼笑得曖昧。

「那種聲音會撩起男人的想像力……和衝動，如果臉蛋和身材都不差的話，絕對可以秒殺所有男人。」紅蓮閻魔分析。

「我不覺得好聽。」冷硯反駁。

「你是國中生，又不是男人。」轉角遇到鬼嘿嘿地笑。

「我也覺得不好聽，好假。」我同意冷硯的看法。

「妳是同性相斥，才會覺得不好聽，絕大部分的男人都喜歡這種聲音的。」轉角遇到鬼吐槽。

「小蘿莉，妳聽妳師父聊過女朋友的事嗎？」御皇焱的語氣滿是好奇。

「完全沒有。」一種說不清的失落感在我的胸口擴散開來。

「憑殿下才貌兼具的條件，沒女朋友才奇怪吧。」紅蓮閻魔說得理所當然。

「也是。」御皇焱長嘆一聲，「我們這群單身狗好可憐，只能跟遊戲裡的女角談戀愛，不知道什麼時候才可以脫魯？」

「御皇焱想婚了？」

「我已經二十四歲了，連個女朋友的影子都沒有，不悲慘嗎？」

「喂！管他什麼女朋友，我們這一局還沒跑完。」紅蓮閻魔提醒。

「那就繼續玩吧……」

後來，我跟大家又玩了一個小時，卻覺得少了師父的遊戲，玩起來好像沒有最初那麼有趣了。

隔天晚上，Vanilla上線時，大家紛紛逼問他關於女朋友的事。

師父笑而不語，對自己的私生活保密到了極點，眾人問不出個所以然，最後便不再逼問了。

師父一如往常陪我練習格鬥，經過一個多月努力不懈地訓練反擊技巧後，我已經可以在對戰中反擊他好幾次，偶爾運氣不錯也可以打贏他，雖然勝率不高，不過還是讓我興奮不已。

「徒兒越來越厲害了。」Vanilla的語氣充滿讚賞。

「是師父教得好。」我誠心說，沒有狗腿的意思。

「玩格鬥遊戲就跟現實中打跆拳道一樣，得多累積實戰經驗，才會越打越好。像北美和日本的格鬥家，他們的打法都不太一樣，等妳的技巧穩定一點，我再介紹幾個朋友與妳對戰。」

「謝謝師父！」畫面裡，我和師父的角色站在白雪覆蓋的庭院裡，細碎的雪花不斷從空中飄落，場景有些浪漫，「那個……昨天那位姊姊，是你的女朋友嗎？」

「徒兒，饒了我吧。」Vanilla苦笑，「說實話，我覺得網路和現實應該區分開來。」

「區分？」

「高中的時候，我曾經在網路上跟網友聊天，抱怨生活中的煩心事，可是下線後，現實裡的煩惱依然存在，心情反而變得更加空虛。不管網友給了我什麼意見，我都還是得去面對問題，才能找到正確答案。」

「但網友至少能提供你意見。」

「現在網路很發達，遇到問題的時候，只要上網就可以搜尋到很多資料，我不喜歡什麼都不查就直接麻煩人。」Vanilla的嗓音透著無奈，「再說，大家是因爲遊戲而聚在一起，玩得開心最重要，又何必摻進個人的私事呢？」

「對不起，我不該這麼好奇。」我明白每個人都有自己的隱私，師父希望網路和現實生活分開，這樣的想法並沒有錯。

「妳還小，會好奇也是正常的。」

「師父把我當成小孩看待嗎？」我不滿地質疑。

「是當成徒兒看待。」Vanilla笑了笑。

這個回答沒有讓我感到開心，反而更加確定，即使我看似比大家更接近師父，事實上仍跟紅蓮閻魔他們一樣，就只是網友。

認清這種距離後，我的心更加空落落了。想起昨天在耳機裡聽到的女聲，我突然很羨慕那位姊姊，可以在現實生活裡認識師父，甚至……跟他談戀愛。

「徒兒，待會兒有空嗎？」Vanilla問。

「有啊。」我回過神。

「妳去開電腦，有件事情需要妳的幫忙。」

「什麼事？」

「我同學的某個朋友，據說是服飾公司的小開，前幾天我聽這位小開說，他的公司電腦系統還是Windows XP，反正只是用來進行進銷存的管理，沒有升級的必要，所以……」

「所以怎樣？」雖然不明白「進銷存」是什麼，我還是被勾起了興趣。

「我就利用他公司電腦裡的系統漏洞，種了一支木馬進去。」

「師父！你要當駭客？」我頓時驚慌。

「我是白帽，入侵只是爲了檢測系統，不會屠城的。」Vanilla噗哧一笑。

「喔……」我似懂非懂，總之師父不是要做壞事就對了。

「徒兒，妳喜歡《生存格鬥》的過關動畫嗎？」

「當然喜歡。」

「我給妳一個網址和一組帳密，妳先抄下來，等一下我說可以，妳就連上網址去抓動畫。」

「師父……你不會害我吧？」我又惶恐起來。

「放心，我當然不會害妳，如果徒兒因爲這樣而出事，師父也絕不苟活。」他難得開玩笑，接著頓了一下，「嗯，他們來了。」

Vanilla放下耳麥，我從耳機裡聽到三個人在說話，應該都是男生，不過距離滿遠的，交談的內容無法聽得很清楚。

我開了電腦，將螢幕切換到電腦畫面，點入線上漫畫網站開始看漫畫。過了一段時間，耳機裡終於傳來師父的指示。

「徒兒，去抓動畫吧。」

我啟動瀏覽器鍵入網址，按下Enter後，螢幕上跳出一個輸入帳號與密碼的小視窗。輸入帳密，我連進了一個資料夾，裡面眞的放了十幾支動畫影片，我立刻把那些影片另存到自己的電腦裡。

因爲檔案太大了，系統的傳輸條顯示下載完畢需要一個小時以上。

我繼續看漫畫，約莫隔了半個多小時，Vanilla的聲音再次傳來：「徒兒，OK了，把網頁關掉吧。」

「動畫檔太大了，我還沒抓完耶。」我話剛說完，檔案下載的連線突然中斷。

「我只是要演示給那個小開看，妳眞以爲要載完？」他語帶調侃。

「師父在演示什麼？」

「沒什麼，只是把對方公司的電腦變成妳的動畫下載點。」

「師父好壞！」我大笑。

「哪有壞，我還沒把他公司電腦資料庫的商品價格全部改成一元呢。」他愉快地說，「對了，今晚的事是我們的祕密，徒兒可別告訴別人。」

「我不會講的。」我雙手捧著臉頰，對著螢幕傻笑。

後來，Vanilla另外給我一個網址，讓我去他的網頁空間下載動畫。

因爲有了共同的祕密，我覺得自己在師父心裡又多了一點點與眾不同。

大學指考結束，二哥考上中部的一所學校。

「哥，你不能挑近一點的學校嗎？」我趴在二哥的床上看漫畫，忍不住抱怨著，「這樣你就跟大哥一樣得搬到外面住，一個月只能回來幾天。」

二哥正在線上跟同學討論露營的事宜，邊打字邊回應我：「高中畢業後，我想過過沒有爸媽管的生活，也想自己出去打工，自由自在不受拘束。」

「那家裡就只剩下我一個人了。」我的心情沉了沉，已經開始覺得寂寞。

「怎麼？會寂寞呀？妳在御夢幻境不是有一堆網友？」二哥的口氣帶點挖苦。

「網友是網友，跟你又不一樣。」

「妳呀，不能再宅下去了，該想想長大要做什麼，不要整天都在打電動。」

「我又沒有別的興趣。」

「那妳高中畢業後，最好趕快物色結婚人選，哥可是懶得養妳。」二哥說完便不理我了，繼續和同學討論。

「哼！討厭！」我闔起漫畫，跳下床跑回自己的房間。

對於未來，我心中一片茫然，不清楚自己想做什麼，也沒有特別嚮往的職業。

從小到大，我的整體表現十分普通，沒有非常漂亮的外貌、沒有突出的才華和專長，成績只有中等的程度，不是頂尖的層級，也不是最差的。

說眞的，像我這麼普通的人，在學校裡是占最多數的，因爲普通，跟許多人的條件相似，所以無法讓人留下深刻的印象。

不過爸媽都認爲平安就是福，只要身心健康、學業表現不差，普普通通的沒什麼不好，於是並沒有要求我什麼。

可是若要論興趣，那我的興趣眞的就只有打電動而已，這在師長們眼裡是很糟糕的一個嗜好。

更糟糕的是，對於自己這種毫無夢想的狀況，我其實不覺得有什麼不妥，完全抱著船到橋頭自然直的心態。

而這個「橋頭」，竟然在八月中旬讓我碰上了。

某天晚上，我開啟電腦登入御夢幻境時，螢幕上突然跳出一大堆色情圖片，全裸的男男女女，三點全露，都在做限制級的事。

我嚇得趕緊打開遊戲機，戴上耳麥，進到派對裡嚷嚷：「師父師父！御夢幻境出大事了！」

「什麼？」Vanilla的聲音滿是疑惑。

「我一連上御夢幻境的網頁，就跳出好多……好多……」我說不下去。

「好多什麼？」紅蓮闇魔好奇地問。

「圖片。」我垂頭。

「什麼樣的圖片？」冷硯也問。

「很奇怪、很噁心的圖片。」我悶悶回答。

「圖片裡是人？還是動物？或是風景？」御皇焱顯然憋著笑意。

「是人……」

「男人還是女人？」轉角遇到鬼很興奮。

「都有。」

「有穿衣服嗎？」

「沒有。」

「在運動嗎？」

「嗯。」我的臉都熱了，無力地把額頭磕在電腦桌上。

「噗！」

「哈哈哈哈哈……哈哈哈哈哈……」

耳機裡傳來狂笑聲，我被他們笑得羞窘無比，依舊搞不清楚狀況。

「御夢幻境沒問題，是妳的電腦中毒了。」Vanilla忍著笑。

「那怎麼辦才好？我二哥跟同學去露營了，三天後才會回來。」

「先將資料備份，再把電腦交給專門維修的店家重灌。」

「備份要怎麼做？我不知道維修店在哪裡……」我撓撓後腦勺，以往電腦出了問題都是哥哥們負責處理的。

「殿下，你的愛徒有難，難道不出手相救嗎？」御皇焱揶揄。

「這……」Vanilla略微沉吟，「好吧，我幫妳看一下電腦，可以嗎？」

「好。」我點點頭，接著一愣，「可是師父，你要怎麼看？」

「透過遠端連線。」

「遠端連線？」我想起上次師父當駭客的情況。

Vanilla要我先下載一個程式，安裝在電腦裡。

安裝完，我看著滿滿的色情圖片，差點把晚餐吐出來，於是忍不住用滑鼠把層層疊疊蓋滿桌面的色情圖一張張關掉。關到螢幕中間的圖片時，底下的桌布露了出來，是師父的背影照。

「我連進妳的電腦了。」Vanilla說。

「啊！等一下等一下！」我慌張地想把桌布撤下，這時螢幕閃了閃，電腦桌布整個消失，變成全藍的底色。

我呆愣地盯著桌面，還沒反應過來，卻發現游標忽然往左邊飄移。我下意識抓住滑鼠，把游標移到畫面中央，游標又飄移了一下，我再度把它挪回中央，搞不懂它爲什麼會亂跑。

「那是我在移動，妳先把滑鼠放開。」Vanilla輕笑。

「原來是師父移的！」我的心跳莫名加速，連忙鬆開滑鼠，「眞的跟電影裡的駭客一樣。」

「我有經過妳的同意，是光明正大進來的，如果要像駭客那樣，妳是看不到我的。」

我雙手交握撐著下巴，看著游標自動點開網頁，色情圖片又一張張跳出來。我摀住眼睛大叫：「好丟臉！師父不要看！」

「我不看的話，要怎麼幫妳處理？」Vanilla的聲音帶著點促狹。

「殿下，圖片香豔嗎？」御皇焱極力忍笑。

「非常香豔。」

「是動態的嗎？」紅蓮閻魔語帶曖昧。

「都是動態圖。」

「殿下殿下，各種動作都有嗎？」轉角遇到鬼樂不可支。

「應有盡有。」

「我也想看。」冷硯要求。

「你未滿十八歲，兒童不宜。」Vanilla一本正經拒絕。

「你們好壞！我都快吐了，你們還這樣鬧我。」我哭笑不得。

「他們太吵了，我們開私聊。」Vanilla隨即開了一個私人語音頻道。

切換到私人交談模式後，我的耳根子總算清靜了，默默瞧著師父在我的電腦裡點開一些不知道用途是什麼的視窗，東刪西改的。

「徒兒，妳平常都逛什麼網站？」Vanilla問。

「我只有上御夢幻境，看看漫畫，還有在YouTube聽歌而已。」

「很多漫畫網站的廣告都藏有病毒，不要隨便亂點。還有，外來的程式也不能亂裝，尤其是副檔名爲.exe的檔案，裡面常會夾帶木馬程式……不過總是要被屠城一次，才會學著提高警覺……」他一邊操作電腦，一邊講解使用網路的基本安全概念，聲音逐漸變得輕柔低緩，帶著一點漫不經心的感覺。

我伸手壓著耳機的耳罩，聽著師父近乎低喃的嗓音，感覺心口有什麼隱隱被觸動。

「懂了嗎？」Vanilla的音量恢復正常。

「咦？」我回過神，發現剛才只顧著聽他的聲音，根本沒有聽進內容。

「剛才講的那些。」

「師父，其實我……聽不太懂。」

「妳還小，聽不懂也是正常的。」他的語氣有些無奈，「我先把病毒刪掉了，如果可以，最好還是重灌。」

「謝謝師父。」我連忙道謝，立刻打開網頁，色情廣告眞的不再出現了，「哇！師父好厲害！」

「這沒什麼，很多資訊人員都可以辦到。」

「師父好帥！」

「少拍馬屁啦。」

電腦螢幕閃了閃，恢復成原本的桌面——Vanilla的背影照。

「對了，剛才你連線進來時，我的電腦桌布不見了。」我疑惑地說。

「因爲連線時，會同時移除對方的電腦桌布，所以就變成那樣了。」

「原來如此……」我吁了一大口氣。幸好被移除了，否則我眞不知道該怎麼解釋。

此時，敲門聲響起，爸爸的聲音傳來：「沄萱，我買了冰沙。」

「師父，等我一下，我去拿冰沙。」我摘下耳麥起身走到門前，打開房門接過爸爸遞來的冰沙，轉身要返回時，發現電腦螢幕好像又閃了下。

我怔了怔，跑回電腦前仔細盯著螢幕，原本的桌布還在，游標一動也不動，看起來沒什麼異樣，似乎只是我的錯覺。

「我回來了。」我重新戴起耳麥，把螢幕切回遊戲機的畫面，「師父……我二哥前幾天要我想想，將來有沒有想做的事，可是我想不到。」

耳機裡傳來很輕很輕的嘆息聲。

「如果……我把架設網站和修理電腦當成未來的志向，師父覺得可以嗎？」

Vanilla靜默了幾秒，聲音轉爲冷淡：「我有事，要先下線了。」

「好，師父再……」話還沒說完，他的名字便消失在螢幕上。

那天過後，Vanilla上線的時間減少了。

以往他每晚都會上線，接下各方玩家的挑戰書，維持他在格鬥榜上的積分，而接完挑戰書後就會陪我對戰個幾場，再跟大家閒聊或玩其他遊戲。

但如今他總是匆匆上線，接完挑戰書便下線，不再抽空和我對戰。我隱約察覺情況不太對勁，卻又不敢直接問他。

我忍不住猜想，師父這陣子在忙什麼？是不是跟女友在一起？還是跟哥哥們一樣，相處久了覺得我很煩，開始討厭我了？

漸漸地，我變得有點奇怪，彷彿等待主人回家的小狗，每次開啟遊戲機時，總是提著一顆心期待能看到師父在線上，見他不在線上，心就急速地往下墜，沉進深深的失落裡；有時候下一秒他上線了，那種沮喪的無力感又消散無蹤，精神瞬間振奮。

這種起起伏伏的心情一直持續到八月底，直到參加完國中新生訓練後的那晚，我一如往常上線，Vanilla突然邀我私聊。

「師父，你最近好像很忙？」我關心地問。

「抱歉，最近現實生活有大變動，以後沒辦法再跟大家玩遊戲了。」他淡淡地說。

「爲什麼？」我滿心震驚。

「主要是我爸爸身體不好，家裡的工作需要人手幫忙，另外，我女友很討厭我打電動和架設網站。」他莫可奈何地嘆了口氣，「她對我下了最後通牒，要遊戲機還是分手，二選一，我得在三天內給她答案。」

「我覺得眞的喜歡一個人的話，應該要接納對方的喜好才對。」我感到不可思議。

「但是當你很愛一個人時，也必須考量對方的感受。」Vanilla還是說得淡然。

「如果為此改變自己的喜好，這樣就不像自己了。」

「喜歡一個人的時候，總是會為對方改掉很多習慣的，如果是好的轉變，那也沒什麼好計較了。」

「可是打電動和架設網站是師父的興趣，這種事她應該早在交往前就知道了，正是能夠接受才會交往的，不是嗎？」我莫名地來氣，認為師父的女朋友拿分手要脅實在逼人太甚。

「徒兒知道『莫非定律』嗎？」

「不知道。那是什麼？」

「莫非定律就是指，凡是可能出錯的事必定會出錯。任何一個事件，只要發生的機率大於零，就不能假設它不會發生，而若事件的狀況有很多種可能性時，必然會朝著最壞的方向發展。」他略微停頓，再舉例說明，「例如考試時，妳昨晚複習的內容，或許常常一題都沒有考到；兩個答案二選一，妳總會選到錯誤的答案；忘記帶傘的時候，就會遇到下雨；連外太空裡的殞石落到地球上，都有倒楣的人會被砸傷。」

「是不是像漫畫裡所謂的『死亡flag』，只要角色說出『放心！我一定會回來的』，劇情就往往會走向最糟的情況，讓那個角色死掉？」我以自己的方式理解。

「差不多。」Vanilla噗哧一笑，「我跟女友是國中同學，興趣和喜好完全不同，剛開始還互看不順眼，我覺得自己不可能喜歡她，她也覺得不會喜歡上我。但是愛情裡的莫非定律，卻讓我們愛上了原本討厭的人，我們從國二開始交往，一直到現在。」

我的心緊了一下，原來師父跟女友早在國二就開始交往了，當時我才五歲而已……

「她是因爲愛我，才會這樣約束我，畢竟升上大四後，我還有實習的工作，也必須想想和她之間的未來……所以很抱歉，我不能再當妳的師父了。其實該教的我都教了，妳剩下的功課就是累積實戰經驗而已。」

「你的女朋友一定很漂亮吧？」我喃喃地說。

「在每個人的心裡，自己的戀人都是最好看的。」

「眞的不能繼續玩嗎？一個禮拜只玩個一小時也不行嗎？」我不死心地問，眼眶發熱。

「我已經決定將遊戲機送給同學了，也跟紅蓮閻魔和御皇焱談過，他們都沒辦法接下論壇，畢竟他們沒有技術進行維護，可是我不想把網站交給其他人，所以只能關閉了。」

「如果我有技術，我一定會接下你的網站。」

「謝謝妳這麼支持師父。」

「因爲你……是很好的師父。」我咬住下脣，忍著不讓眼淚掉下。

「妳也是很棒的徒兒。」Vanilla的嗓音低柔，接著介紹了幾個格鬥榜上有名的玩家，讓我加他們好友，以後才可以繼續和高手對戰，「就這樣，我要下線了。」

「師父！」我的心裡湧現強烈的不捨，不禁脫口而出，「我……我很喜歡你！」

Vanilla靜了幾秒，笑了笑：「我明白，但等妳長大以後，會遇到比我更好的人。」

我頓時愣住，還來不及問他這是什麼意思，他的名字已經消失在螢幕上。

稍晚，御夢幻境發布關站公告，在論壇裡引起討論。

三天後再連上網，已經找不到這個網站了，我呆呆盯著電腦螢幕，下意識不斷按著F5鍵重整網頁，心好像被掏空了一大塊。

洗完澡回到房間，我看見電腦桌布居然不見了，變成藍底的畫面。

「師父……」我衝到電腦前移了移滑鼠，沒什麼特別的反應，我趕緊打開資料夾，注意到不只是桌布不見了，連Vanilla的照片也消失了。

我開啟遊戲機聯絡轉角遇到鬼，向他說明這件事，他立刻去檢查自己硬碟裡的資料，結果他拍的照片原檔也不見了。

「會不會是師父刪掉的？」我不禁懷疑，只有Vanilla才有這種駭客的技術。

「有可能，透過照片可以查出拍照的日期，殿下如果有把每一場對戰記錄下來，就會查到那天是跟我PK。不過他也太無情了吧，什麼東西都不留，真的是怪人一個。」轉角遇到鬼抱怨。

原來師父早就發現我有他的照片，還偷偷設成電腦桌布，依照他網路和現實必須區分的原則，動手刪掉照片肯定是必要的吧。

他是不是生氣了？

我頓時覺得被師父苛責了，一顆心又墜到谷底，空空落落，做什麼事都提不起勁，也沒有動力開遊戲機。

九月中旬，二哥從學校宿舍返家，晚上見我放學回來，差點把嘴裡的飯菜給噴了。

「沄萱，妳怎麼瘦了？看起來失魂落魄的。」二哥拿筷子戳戳我的臉頰。

「我減肥，不行嗎？」我狠瞪他一眼。

「誰叫你不選近一點的學校陪妹妹。」媽媽的語氣帶點責怪。

「怪我嘍？」二哥不悅地反駁，「你們怎麼不念大哥？他也選了很遠的學校……」

我背著書包默默走進房間，頹然坐在床邊，發呆了片刻，忍不住開啟遊戲機，檢查好友名單裡各個玩家的狀態。

Vanilla，離線。最後一次上線是十九天前。

我忽然感到呼吸困難，胸口悶悶刺刺的，一股鬱結的情緒不斷在翻攪。

此時，一則訊息跳出，是御皇焱邀我私聊。

我戴起耳麥接受邀請，御皇焱的嗓音流露出關心：「小蘿莉，最近都沒看到妳上線，上了國中後課業很忙？」

「還好，不忙。」我有氣無力地回。

「照片的事，我聽轉角遇到鬼說了，妳很難過吧？」

「大哥哥……師父是不是生我的氣了？」

「我想他應該沒有生氣，只是有自己的原則而已，尤其……妳又是個小女生。」

「什麼意思？」

「防範未然吧。Vanilla可以為女朋友捨棄自己的興趣，肯定是專情的人，但是妳知道嗎？其實專情的人才是最無情的，因為要專情於自己的所愛，就必須對其他人無情。」

「我只當他是師父而已，又沒有別的想法。」我的鼻頭一陣發酸。

「那妳為什麼要哭？感覺妳的心情還是很低落。」

「我不知道。」

「真的不知道嗎？還是妳其實知道原因，只是不敢承認和面對？」

「我真的不知道！」我生氣地強調。

「好吧。」他長長嘆了口氣，「來來來，在下陪妳大戰三百回合。」

那天晚上，御皇焱被我打得落花流水，差點跪地求饒。

兩天後，放學回家，我見到茶几上擺著一個紙盒裝的小包裹，收件人寫的是我的名字。

奇怪，怎麼會有我的包裹呢？

我帶著包裹回房，仔細檢查了一下，盒子上沒有寄件人的地址。

我滿懷疑惑地拆開，紙盒裡裝著另一個小扁盒，竟然是日版《生存格鬥４》的限定典藏版。因爲Vanilla之前在論壇上發過開箱文，介紹了典藏版的內容物，所以我印象深刻。

再仔細一看，盒子下方的空白處以麥克筆簽著「Vanilla」的字樣，字跡瀟灑漂亮。

這是師父寄給我的嗎？

據我所知，《生存格鬥》是由日本的遊戲公司所製作，典藏版也只在日本發售，玩家必須透過遊戲商向日方訂購才能買到，且數量有限，售價換算成臺幣要四千多元，現在拍賣上價格更已經漲到五、六千元。

我顫著手打開扁盒的盒蓋，裡面有一張日版《生存格鬥４》的遊戲片，還有角色設定畫冊、遊戲音樂原聲CD、角色明信片、3D滑鼠墊、等身長的角色掛軸。

其中，遊戲片已經開封使用過，外盒貼著一張卡片，寫著一段文字：

致徒兒：

遊戲機和遊戲片都轉送給同學了，但唯獨這個典藏版，我只想要送給妳，謝謝妳給了我一段美好的遊戲時光。

關於妳曾經問過我的一個問題，我忘記回答妳了。

如果妳眞的對電腦程式設計有興趣，那麼就好好去學吧。

從小到大，我在學校也不是最聰明的人，有的只是一顆堅持的心而已。

我相信妳可以學得很好，因爲妳是我的徒兒。

這一刻，我覺得自己遇到了全天下最溫柔的人。

眼淚模糊了視線，我眨眨眼睛，淚水一顆顆滴落在遊戲光碟上。

我終於不得不承認，我的悵然若失、我的心痛難忍，全是因爲再也見不到他。

無論再怎麼祈求、無論再怎麼想見，都無法再見到他了。

我曾經以爲自己不會像二哥一樣傻，對一個未曾謀面的人動心，可是原來愛情裡也有莫非定律，直到師父離開了，我才後知後覺地發現，原來我早就已經喜歡上他了。

Vanilla，是我的初戀。

第三章　刺客冷硯

星期六下午，我待在書局的電腦書專區，對著整牆的電腦相關書籍東翻西看。

「電腦程式語言看起來好像外星文……」我伸手撓著後腦勺，想起我的電腦中毒那天，師父開了許多視窗刪刪改改的，都是我不曾見過的東西。

電腦裡彷彿存在著異次元空間，是眼睛所看不到的。

乾脆從最基本的作業系統開始研究吧。

我果斷挑了一本附有滿滿圖片解說的《Windows終極祕技》，結帳時才發現這本書好貴，要價四百多元，頓時心痛了一下。

帶著書回到家，我注意到二哥的鞋子擺在門口。

他說要好好享受自由的大學生活，而且上星期才回家過，這星期怎麼又跑回來？

脫下鞋子踏進客廳，悶悶的笑聲從我的房間裡傳來，我馬上衝過去推開房門大吼：

「哥！你跑進我的房間裡幹麼？」

「妳眼睛瞎了啊，沒看見我在打電動嗎？」二哥坐在電腦螢幕前，頭上戴著耳機，雙手握著搖桿。

「你在跟誰玩？」我從他背後探頭看螢幕，是《忍殺》這款遊戲。

「我和冷硯在玩《忍殺》，這傢伙超強的耶！」二哥指著螢幕裡冷硯的角色。

「他沒有暗算你嗎？」

「暗算什麼？他很好心教我怎麼過關，我們兩個合作無間。」二哥得意地說。

「差那麼多……」我嘟囔著，「哥，你錢很多呀？幹麼又跑回家？」

「我開心，我高興，我想回來就回來，不行嗎？」二哥擺出欠揍的嘴臉，拿下耳機和搖桿放在電腦桌上，再起身從書架抽出《生存格鬥４》的限量典藏版，「蘇沄萱，妳怎麼會有這個？」

「喂！還我！」我心裡一驚，伸手朝盒子抓去。

「冷硯說，妳是Vanilla的徒弟，這是他送給妳的？」二哥把盒子舉高，閃過我的撲抓。

「是又怎樣？還我啦！」我氣急敗壞地跺腳。

「他爲什麼要送妳這個？」二哥質問。

「師父不玩遊戲了，他把遊戲機送給同學，連御夢幻境都關了，這個典藏版是他寄給我留作紀念的而已。」我咬了咬下脣，努力忍住心口的刺痛。

「他怎麼會有我們家的地址？」

「大概是因爲PK賽後，我就補齊御夢幻境裡的會員資料，並改回正確的。」

「是喔。典藏版很貴，妳有跟他道謝嗎？」二哥一屁股坐在我的床邊。

「想道謝也沒辦法，包裹上面沒有寄件人資料。不過沒留資料也可以寄送嗎？」我在他身邊坐下，又想搶回盒子。

二哥揮開我的手，逕自打開盒子：「當客人有特殊需求時，某些貨運行可以只把資料輸入電腦裡建檔，而不貼在包裹上。」

我忍不住垂下頭，眼眶又變得溼潤。

不管怎樣，師父刻意不留下資料，便代表他不想讓我跟眞實世界的他有任何交集。

「不愧是殿下，出手就是不同。」二哥把盒子裡的周邊拿出來，一件一件把玩，「角色畫冊、原聲CD、明信片、角色掛軸……漂亮是漂亮啦，不過擺出來也只是占空間而已，沒什麼實用性。」

「這是收藏用的，實不實用又不是重點。」

「對對，有愛就好了。」二哥提著嗓子模仿我說話的語調，同時從盒子裡再拿出一個3D滑鼠墊，雙眼瞬間綻放光彩，「哇塞！這個3D滑鼠墊我就有愛了，送給我吧！」

關於3D滑鼠墊……其實就是巨乳滑鼠墊。

因爲《生存格鬥》裡有不少漂亮的女角色，每個身材都凹凸有致、波濤洶湧，因此遊戲公司便將女角的上半身印在滑鼠墊上，胸部特地用矽膠做成立體狀，讓玩家使用滑鼠時，可以把手腕壓在上面。總而言之，這是一款專門用來滿足男性玩家的周邊商品。

「大色狼！」我伸手想搶回滑鼠墊，二哥再度閃開。

「喜歡巨乳有什麼錯？」二哥勾著嘴角露出邪笑，「遊戲公司會出這種滑鼠墊，就是爲了滿足男性玩家的欲望，包括殿下也一樣，他會買典藏版，肯定是衝著這個滑鼠墊。」

「師父才不是那樣的人。」

「他絕對是。」

「滑鼠墊根本沒有拆封，表示師父沒使用過！」

「少來了，即使沒開封，他也一定有試用。」二哥雙手拿著滑鼠墊，拇指按了按那渾圓的胸部，再把右手放在滑鼠墊上，做出握滑鼠的動作，手腕直接壓住胸部，還左右揉了揉，那猥褻的模樣令我看得臉上一熱。

「師父才沒有！」

「他一定有。」

「哥！你幹麼一直抹黑師父？」我生氣地推他。

「因爲妳……」二哥張嘴想說什麼，頓了頓又把話吞回去，接著氣急敗壞地跳起來，對我大吼一句，「因爲、因爲……妳跟我一樣是笨蛋啦！」

我仰頭怒瞪著漲紅臉的二哥，感覺他好像猜到了什麼，不過他沒有說明白，我也不敢回罵，否則萬一他脾氣爆發，可能會直接戳破我的小祕密。

「不給就算了。」僵持片刻，二哥把滑鼠墊丟到床上，抬起大手蓋在我的頭頂，輕輕揉了幾下，「妳好好收藏吧。」

語畢，二哥轉身走向門口，伸手拉開房門。

下一秒，我不知道自己怎麼了，突然衝動地跑過去從背後用力抱住他。

二哥默默挺直身子讓我抱著，隔了好半晌才低聲說：「每個人的青春裡，都會有這樣的經歷，妳不是唯一被傷過心的人，至少他表裡如一，不是人妖。」

「哥……你是因爲擔心我才跑回來的嗎？」我把額頭抵在他的背上，嘴角勾了起來。雖然被二哥發現心事挺丟臉的，但是知道有人理解自己的感受後，我的心情頓時舒坦多了。

「屁啦！是媽說妳很寂寞，搞得好像是我害的一樣。」二哥扭扭捏捏地掰開我的手臂，「拜託，說過幾百遍了，妳都上國中了，不要這樣隨便亂抱人好不好？」

「我看你沒有女生喜歡，抱你是給你面子耶。」

「這妳就錯了，妳哥上大學後可是非常受歡迎，上次聯誼時，一大堆女生都希望抽到我的車鑰匙。」

「那你就帶著你愛的巨乳，快快滾回學校！」我抓起滑鼠墊丟到二哥身上。

「等我回學校後，妳可不要在那邊哭。」二哥接住滑鼠墊，狂笑兩聲後揚長而去。

我沒好氣地抿抿脣，把散落在床鋪的周邊收進盒子裡，將典藏版遊戲擺回書架，然後轉身面對電腦螢幕。二哥和冷硯的遊戲角色還蹲在屋頂上，一步都沒有移動。

我頭皮一麻，慌張地戴起耳麥，「冷硯？」

「……嗯？」他慢悠悠地應了一聲。

「噢天啊，你都聽到了？」我無力地扶著額頭，臉頰熱烘烘的。

「我也想要3D巨乳滑鼠墊。」冷硯的語氣很正經。

「大色狼！你怎麼可以偷聽我們講話？」

「是妳二哥沒有關語音。」他說得無辜。

「你可以主動關呀！你到底跟我二哥講了什麼？」我現在只想殺了他。

「他問我，妳和殿下是什麼關係，我說妳當了殿下快三個月的徒弟。」

「你眞的很多嘴！」

冷硯沒回話，氣氛有點尷尬。

我的神經不自覺緊繃起來，如果冷硯追問剛剛的情況，就會碰觸到我的小祕密，而他突來的沉默，似乎也是在猶豫要不要開口探問。

「我……不太明白……」冷硯吶吶地說，「喜歡一個人是什麼感覺？」

「你早晚會明白，而且會跟我一樣，對方也不喜歡你！」我氣呼呼地詛咒他。

「那就糟了，我哥哥比我聰明，我沒有笨蛋哥哥可以抱抱。」

「你幹麼罵我哥是笨蛋？」

「是妳先罵的。」

「只有我能罵，你不能！」

「那抱歉了。」他低低笑著，聽起來毫無歉意，「妳哥的遊戲還沒玩完，妳要不要接替他？」

「好啊，不過你不能再陷害我。」我很慶幸他轉開了話題，沒有再問我喜歡是什麼感覺。

「我盡量。」冷硯輕笑。

我拿起搖桿坐到螢幕前，冷硯說明了任務內容後，就像保鑣一樣跟著我，教我怎麼運用搖桿的按鍵使出不同的暗殺技，或射出手裡劍擊碎花瓶，轉移敵人的注意力。總之，他負責動腦指揮，我負責動手暗殺，這遊戲玩起來終於爽快許多。

「然後呢？」執行完任務，我問他下一步。

「直接翻牆出去，成功潛出就行。」他回答。

於是我縱身躍上牆頭，以帥氣的姿勢跳下去，落地時抬起頭，眼前竟對上一個狗鼻子。原來屋主養了條獵犬，夜裡會放在後牆邊警戒。

「汪汪汪汪汪！」那條強化過的獵犬立刻撲來，張口咬住我的脖子。

「冷硯！你敢讓我死，我就宰了你！」我對著耳麥大叫，不斷按著搖桿想要掙脫。

「我來了。」冷硯歡愉的聲音響起。

螢幕左上方，我的血條被獵犬幾口咬到剩下三分之一，此時一道黑影俐落地越過牆頭，刷地拔出忍刀，刀光一閃，冷硯運用下墜的力量當場斬了獵犬的頭。

「你有沒有這麼卑鄙啊？」我氣憤難平。

「我真的已經很克制了。」冷硯笑得停不住，揉了一顆御飯糰要給我補血。

「你這討厭鬼！腹黑的抖S！我才不要吃！」我負氣地不接過飯糰，還舉刀朝他亂砍亂劈，可惜合作模式是無法對隊友大開殺戒的。

「如果在現實生活中可以進一步認識，即使被妳討厭，那也無所謂。」冷硯乖乖站定讓我發洩。

「幸好我們現實中只見過一次。」

「要認識其實很簡單，只要妳給我地址，我就可以叫司機伯伯載我去找妳玩。」

「免了！我要下線了，再見。」我將忍刀收進刀鞘，乾脆地退出遊戲。

那天之後，二哥晚上不時會打電話給我，炫耀他在大學裡的精彩生活。

「蘇沄萱，妳哥昨天被系花告白了耶。」二哥懶洋洋的聲音透過話筒傳來。

「那個系花應該要去掛眼科了，怎麼會喜歡你這種笨蛋？」我吐槽他。

「總比妳這個笨蛋強，連眼睛糊到屎的男生都沒有一個喜歡妳。」

「原來系花的眼睛是糊到屎……」

我們總是講不到三句話便開始吵架，互相罵來罵去的，誰也不肯讓誰。

而另一方面，我再度回到遊戲裡，跟冷硯、御皇焱、紅蓮閻魔和轉角遇到鬼一起打電玩。隨著時間流逝，我漸漸地釋懷，不再像師父剛離開時那麼難過了。

我查詢了《生存格鬥》的排行榜，師父因爲沒有持續上線對戰，排名不斷地往下掉，最後掉出了榜外。我十分不服氣，於是開始發挑戰書找人對戰，想要代替師父繼續站在擂臺上。

其實……

我的心裡還是懷著一絲極微小的希望。

希望在未來的某天，師父的女朋友可能會不再限制他，讓他重回遊戲。

他會看到我的努力，會誇讚我很厲害，說不愧是他的徒兒。

然而我等了又等，並沒有等到這一天，一切只是空想罷了。

國二的寒假，經過無數場對戰後，我終於打進《生存格鬥》臺灣區的百大榜，位居第九十七名。

「恭喜妳！真的打進百大榜了。」冷硯祝賀我。

「謝謝。」我有點害羞，「其實是因爲遊戲已經上市了一段時間，玩家變少了，競爭也沒那麼激烈，我才有機會擠進榜單。」

「但是能打進百大榜的玩家，個個都不好應付吧？」

「嗯，有很多神出招、神反擊的人，簡直像開了外掛一樣。我很佩服師父，他竟然可以在競爭最激烈的時期，以最快速度奪下臺灣區第一名，甚至衝上世界榜的前十名。」

「殿下不只是技術好，他還有一種天才般的直覺，就算是猜招，準確度也很高。」冷硯分析。

「直覺？你怎麼知道？」我不解。

「我剛買遊戲機的時候，跟殿下對戰過十幾場，一開始險勝了他兩場。」

「兩場？怎麼可能？」我壓根不信，當時冷硯的實力跟我差不多，怎麼可能打贏師父？

「眞的。」冷硯的語氣帶著自信，「武俠小說裡有一句話叫無招勝有招，因爲殿下習慣跟厲害的人對戰，那些人的出招都有規則可循，所以我乾脆亂打，殿下一時被我打亂了步調，我才僥倖贏了兩場。」

「太扯了吧！」我不禁傻眼，回想起第一次跟師父對戰的情景。當時我正是因爲招式完全被看穿，才會輸得一塌糊塗，沒想到還有亂打這招。

「這是戰術。」冷硯笑了笑，「不過也只能使用幾次而已，後來殿下抓回自己的節奏，憑經驗和直覺跟我對打，我就被他剋得死死的了。」

「冷硯，你可以重現那場對戰嗎？」我想體驗師父跟他對戰時的感覺，立刻發了挑戰書給他。

「行。」冷硯接下挑戰書，選好出戰的角色，挑了海邊的場景。

對戰開始，場景轉換——

我站在夏日的沙灘上，眼前是飄著朵朵白雲的蔚藍天空，以及一望無際的湛藍大海，周圍有幾棵椰子樹，令人看了心曠神怡，忍不住想跳到海裡戲水。

「慢著，對戰前，我有一個條件。」冷硯突然說。

「什麼條件？」我正準備衝過去揍他，連忙煞住腳步。

「我們一場定生死，如果我打贏妳，妳就要當我網路上的女朋友。」

「嗄？你、你喜歡我嗎？」我驚得讓角色倒退兩步。

「我喜歡跟妳一起打電動。」他的語氣聽起來很眞誠。

「這根本不是男女間的喜歡，你眞正的目的是什麼？」

「我的目的只是想讓這場對戰變得更刺激、更好玩而已。」

「那如果我打贏你呢？」

「我就當妳的僕人，蹲在妳的腳邊，奉妳爲弒夜公主，永遠聽候妳的差遣。」他說得誇張。

「可是……不管是當你的女朋友還是多一個僕人，感覺都很麻煩。」我猶豫著，悄悄把拇指移到退出鍵。

「放心，這種關係只限於網路上，與現實無關。」冷硯涼涼笑著，「如果妳怕輸，不敢接戰的話，那就快快退出吧。」

「你……你太小看人了，戰就戰，誰怕誰！」我的理智線一秒斷裂，恨不得立刻把他給宰了。

這傢伙專攻暗殺，格鬥技巧練得沒有我多，現在我又知道他會使出胡亂進攻的戰術，只要小心應戰，應該不至於會輸吧？

幾分鐘過去。

那是一場令人又氣又好笑的對戰，冷硯不只是亂打，還利用寬闊的場景耍無賴，使出連打帶跑外加回馬槍擾亂的策略，不僅把我引到椰子樹下，猛踢樹幹害我被掉下來的椰子敲暈，更將椰子樹當作屛障，閃避我對他的攻擊。

我被他徹底打亂節奏，抓不到他的出招模式，最後悲慘地敗下陣來。

「我好像遇到神經病。」我的角色跪倒在沙灘上，顯示出我的不甘心。

「殿下可是說過我是武林奇才。」冷硯的角色雙手抱胸，以勝利者的姿態站在我面前。

「我不要當你的女朋友……」我哭喪著臉，如果可以，我只想跟著師父。

「願賭服輸，從現在起，妳是我的人了！」冷硯嘿嘿冷笑。

我用力掐著搖桿，當下很想把螢幕砸爛，氣得說不出話來。

晚上，紅蓮閻魔、御皇焱和轉角遇到鬼上線時，冷硯向他們宣布這件事，大家笑成一片，起鬨要我們各自在玩家檔案裡標注成：

玩家ID：冷硯／女友：弒夜／格言：妳的心，是我暗殺的目標。

玩家ID：弒夜／男友：冷硯／格言：你來一次，我就滅你一次。

這件事成了我的恥辱，而之後我跟冷硯在遊戲裡變本加厲地互相殘殺，根本一點也沒有情侶的樣子。

時序進入三月中，某天冷硯找我私聊：「弒夜，基測倒數兩個月了，我得閉關念書，暫時不能上線。」

「你想考哪間學校？」吵吵鬧鬧了一個半月，聽到他要暫離，我忽然覺得有點寂寞。

「我的未來別無選擇。」

「爲什麼？」

「我爸媽是醫生，哥哥姊姊都進了醫學相關科系，他們希望我也一樣。」冷硯的語氣充滿無奈。

「哇！」我非常驚訝，一家人全是醫生，未免太優秀了，「那第一次見面時，你害我跌倒，還說要幫我吹吹，這不是以醫生爲志向的人該有的表現吧？」

冷硯正經地解釋：「我媽是小兒科醫生，面對受傷痛得不停哭鬧的小孩，她常會對他們說，醫生阿姨幫你吹吹，痛痛就不見了。這是一種心理暗示，有些小孩子會因爲這樣，而比較能夠勇敢面對疼痛。」

我沒有吭聲，想起那時的情景。冷硯先幫我檢查有無受傷，接著說疼痛只是暫時的……以醫生的角度來看，那種小痛的確是暫時性的，只要忍一下就會過去。

原來他不是冷血，而是生長在醫家，對傷痛的見識比一般人多。

「那妳呢？以後想讀什麼學校或科系？」冷硯問。

「我打算讀資訊科。」我回答。

「跟殿下一樣學資訊工程？」

「不行嗎？」

「沒有不行，只是……這是妳眞正的興趣嗎？」

「我眞正的興趣是打電動和看漫畫。」我回憶著師父離開後的點點滴滴。

因爲他的鼓勵，我開始自學電腦相關知識，不過枯燥的書籍內容老是讓我想打瞌睡。後來，我又買了影像處理和簡報製作的教學書，這兩種軟體學起來倒是有趣多了。

這樣摸索著學習了一段時間，我並不清楚自己吸收了多少，直到國二開始有電腦課，我才發現老師教的概念我都聽得懂，也可以輕鬆做出版面漂亮的簡報，拿到很高的分數，就連成績第一名的同學都曾主動找我一起製作簡報。

「資訊是我刻意培養的興趣。」我不否認自己想跟隨師父的腳步，「從小到大，每次有競賽或活動需要提名參加人選時，我常常是被忽略的，因爲沒有讓人印象深刻的專長。但現在只要是跟電腦有關的事，同學們都會想到我的電腦技能不錯，我在大家的心裡開始有了存在感。既然學電腦可以讓我得到成就感，那爲什麼不往這條路走呢？」

「妳眞的很帥氣！」冷硯稱讚我，「這證明了能夠改變自己的人，不是別人，正是自己。」

「如果你不想當醫生，那也要向你的爸媽反映，請他們尊重你的想法。」我陶醉了下，發現帥氣這個詞，比漂亮或可愛更能擊中我的心。

「理論上是該這麼做，但是現實往往沒那麼簡單。」冷硯頓了頓，無所謂地一笑，「反正我的興趣也是打電動，目前沒有特別想做的事，暫時就這樣了。」

「那你加油吧。」

「謝謝。對了，我可以跟妳要一張近照嗎？」

「你要我的照片幹麼？」我狐疑地問。

「拿來射飛鏢。」

「你敢射你就考不上！」

「那妳……會想要我的照片嗎？」不知為何，冷硯的語氣好像透著一點期待。

「免了！我不想傷眼。」我負氣地拒絕。

「那妳要等我考試回來，我們再一起打電動。」冷硯笑了聲，報出電子信箱的地址。

「知道啦，我會等你回來。」我拿筆抄下。

那天下線後，我挑了一張跟二哥的合照寄給冷硯，後來他便不再上線了。

不久，紅蓮閻魔開始準備畢業論文，轉角遇到鬼忙著校外實習，而御皇焱終於找到真愛，大家的重心回歸現實，一個接一個淡出遊戲，我的好友名單裡呈現一片離線的狀態。

說考完試以後會回來的冷硯，也沒有再回來過，昔日大家在遊戲裡建立的深厚革命情感，最終只剩淡淡的惆悵。

直到我國中畢業，升上高中，還是不時懷念大家一起打電玩的時光。

想著那個不守承諾，把我拋下的網路男友，詛咒他在現實中交不到女友。

想著我深深喜歡的師父，願他在現實生活裡，可以得到滿滿的幸福。

國中畢業後，我考上了北陵高中的資訊科。

北陵高中是本縣排名第一的職校，同時設有高職部和高中部，高職部分爲美容科、服裝科、家政科、美工科、商業經營科、應用外語科等，全是女多男少的科系。這些科系的女學生都相當懂得打扮，因此在全縣的高中裡，北陵也被公認爲美女最多的學校。

至於資訊科則是唯一的例外，男生多於女生。

我們班有四十個學生，男生三十八位，女生只有兩位。

記得高一入學當天，全班男生發現這個狀況後紛紛哀號，班長還用哭笑不得的口氣說：「要不就一半是女生，要不就一個女生都不要，只有兩個女生幹麼？這跟吃飯一樣，要不就讓我吃飽，要不就不要讓我吃，只給我兩粒米有意義嗎？」

能夠被這麼多的男生圍繞，只要長相不差便可以成爲班花，在很多女生的想像中，大概是件美好的事。

美好？

每天都有聽不完的黃色笑話，完全迴避不了；老是得忍受男生拿別的女生來比較，嘴炮妳的身材；每次上完體育課，教室會充斥三十八個男生的濃濃汗臭味，還有晾在教室裡的衣服和襪子所散發出的鹹魚味，以及必須忍耐男生們大刺刺地直接換衣服，露出傷害視力和心靈的單薄肉體——我承認我的標準很高，沒有遊戲角色那樣的健美身材都是不合格的。

如果以上都能夠「包容」，的確是很美好啦。

高一的生活很歡樂，我每天跟男生打打鬧鬧的，日子過得飛快，轉眼迎來了升高二的暑假。

天氣十分炎熱，今天是星期三的便服日，學生們可以穿便服上學。

我拿著一件小洋裝站在穿衣鏡前，左看看、右瞧瞧，再拉拉裙子，不禁垂頭嘆氣。

女孩多半都希望把自己打扮得漂漂亮亮，但是對我而言，穿了小洋裝，就得考慮該搭什麼鞋子，搭好鞋子又要煩惱髮型合不合適，沒打理好髮型就會覺得配不上這身打扮。

重點是，不管穿得好不好看，去到學校都會被男生們攻擊，說和美容科及服裝科的女同學不能比，既然如此，我又何必浪費時間糾結？

唉，我討厭便服日，可是便服日不穿便服，在學校裡又會顯得非常突兀，即使現在是暑輔期間，學生較少。

「蘇沄萱！妳起床沒？」二哥急促的敲門聲響起。

「起床了啦。」我把小洋裝掛回衣櫥，穿上簡單的襯衫加牛仔褲，背起背包離開房間。才走沒幾步，我的背包突然被人從後面扯住。

「妳穿的是我高中的襯衫吧？」

「這件衣服你早就沒在穿了。」我回頭瞪著二哥。

「還是我的衣服呀。」

「放著不穿很可惜，借我遮太陽嘛。」

「妳的皮膚又不白，遮了也沒用。」

「大哥！你看二哥又欺負我。」我跑進客廳，向坐在沙發上的大哥告狀。

大哥正在吃早餐，他轉頭打量我，推了推眼鏡，皺眉說：「前幾天我不是有幫妳買一件小洋裝嗎？」

「我只是要去圖書館打工，不用穿得那麼漂亮。」我雙手絞著襯衫的衣角。

「不用嗎？」二哥抓住我的肩頭，眼神流露出鄙視，「妳的學校號稱是全縣美女最多的學校，妳穿普通T恤配我的襯衫，有辱學校的名譽吧？」

「穿這樣活動比較方便。」

「想要方便也不能隨便。」

「哎呀！我下星期再穿得漂亮一點，現在時間已經不夠了。」我拍開二哥的手，拿過大哥幫我做的三明治，快步走向大門。

「來不及也是妳自己拖的。」二哥在我背後嚷嚷。

來到門外，我一邊穿鞋，心裡一邊嘀咕。

二十四歲的大哥是財金系畢業的，目前在銀行當理財專員，而二哥是國貿所的碩一生。這兩個商科男除了買東西精打細算，還總把自己打扮得十分體面，像是很有身價的樣子，完全不了解我這個理工宅不懂如何穿衣打扮的苦惱。

穿好鞋，我沿著樓梯走到一樓，剛打開公寓大門，後腦勺冷不防被人推了一下，我惱怒地回頭瞪著偷襲者。

「我騎車載妳去火車站比較快。」二哥把停在騎樓的機車牽過來，打開置物箱拿出兩頂安全帽。

「謝謝哥。」我立刻展露笑容，接過安全帽。

「要不是爸媽有交代要照顧妳，不然我才懶得管妳咧。」二哥邊說邊跨上機車。

上個月中旬，住鄉下的爺爺在田裡跌了一跤，造成右腿骨折。由於奶奶的身子也不好，無法照顧爺爺的生活起居，於是爸媽決定暫時搬回老家照顧爺爺奶奶，留下我們三兄妹。

二哥的機車是150CC的，車體比普通機車寬大，車屁股還翹得高高的，對我這種身高只有一百五十五公分的短腿女孩來說，上下車都是一種考驗。

我狼狽地爬上機車後座，雙手抓著後方把手，總覺得不太安穩。

「妳的手咧？」二哥轉頭問我。

「我抓後面的把手。」我回答。

「抱我的腰比較安全。」

「你不是不喜歡我抱你？」

「安全至上好不好，萬一我轉彎時把妳給甩出去怎麼辦？」

「二哥心海底針……」我依言往前挪了挪，伸手抱住二哥的腰。

二哥發動機車往火車站而去，我一邊找機會吃三明治，一邊想起去年國中畢業當天，爸媽回鄉探視生病住院的奶奶，無法來參加我的畢業典禮。

但沒想到，兩個哥哥竟然請假跑來了，還穿得非常帥氣。當時我只是上臺領個小獎，他們卻故意獻花給我，把場面搞得比拿縣長獎還風光，害得臺上的我無地自容，可是同時又有一點感動。

抵達火車站，我下車摘了安全帽，遞還給二哥。

「妳不要以爲自己長得安全，就太晚回家喔。」二哥接過安全帽，叮嚀之餘不忘損我。

「知道啦，再見！」我白了他一眼，轉身跑進火車站。

剛抵達第二月臺，火車便進站了。跟著人群擠進中間的車廂，我走到車廂最裡側，伸手拉住頭頂上的吊環。

火車前駛，我望著窗外的風景發呆，眼角餘光瞄到坐在前方座位上的人，他抬起頭，視線在我身上停頓了好幾秒才又低下臉。

是認識我的人嗎？

我好奇地垂下視線偷偷打量他，心裡忍不住哇了一聲。

對方是個年紀看起來比我大一點的陌生男孩，留著乾淨清爽的漂亮黑短髮，沒有任何燙染，早晨的陽光從車窗外照射進來，在他的髮梢灑下淡淡的光澤。

側分的劉海稍稍遮住他的眉眼，劉海下是五官深邃的臉龐，略顯狹長的眼睛、挺直的鼻梁，薄唇勾著若有似無的弧度，再配上黑襯衫和深色牛仔褲，渾身散發一股酷酷的神祕氣質。

帥氣度爆表！

但重點是，他手裡拿著一台小Ｐ，這是新型的掌上型遊戲機。

我的目光馬上被遊戲畫面吸引，那是一款很有名的潛行遊戲，叫《刺客教團》。男孩的操控技巧高超，他隱匿行蹤潛進敵營，迅速判斷地勢和敵人動向，見一個暗殺一個，鬼魅般無人能擋的快狠準手法，讓我聯想到一個人。

冷硯。

國二那年，那混蛋說要閉關準備考試，後來便徹底消失了。

心情有一點點惆悵，我放開吊環讓痠麻的手臂放鬆。突然間，火車劇烈搖晃了下，我整個人往前傾倒，眼看就要跌在那個男孩身上。

我反射性伸出雙手，想撐在他頭部兩側的玻璃車窗。

叩！

浪漫的火車壁咚……才怪。

我的手臂不夠長，在半空中來回划了兩下，不僅沒壁咚成功，連碰到車窗都沒有。男孩見狀起身想接住我，我們的額頭瞬間撞在一起，才會發出「叩」的一聲。

喀！

小P摔落在地。

「嗚……好痛！」一陣劇痛在額頭爆開，我雙手抱頭蹲著，聽到周圍響起竊笑聲。

天啊！好丟臉！

我尷尬地抬起頭，迎上男孩的目光，趕緊道歉：「對不起！我不是故意的。」

他看我的眼神有點微妙，嘴角輕勾：「妳要謀殺親夫也不是這樣吧？」

「什麼？」我不懂他的意思，「請問你的頭有沒有怎樣？」

「這種程度的撞擊應該不會造成腦震盪，痛只是暫時的，忍一下就會過去。」他伸手揉著泛紅的額頭。

我愣了愣，覺得這句話有種熟悉感。

「那妳呢？我的頭很硬吧？」他反問，又引來眾人的訕笑，看來大家都在關注我們的對話。

「沒事沒事。」我困窘到只想跳車，瞥見小P還躺在地上，我趕緊撿起來，發現螢幕一片漆黑。

男孩接過小P打開電源，螢幕隨即亮起，沒有破裂或故障，讓我大大鬆了一口氣。

「慘了！」他沉下臉。

「怎麼了？」我緊張地問。

「我剛才玩到第四大關，但沒有設定自動存檔，也忘了手動存檔。」

「什麼？存檔很重要，你怎麼沒有設定？」我心頭一涼，沒存檔就表示得重玩全部的關卡，這可比撞到頭還悲慘。

「因爲玩得太入迷了。」他站起身把我從地上拉起來，推到他原本坐的位子上，將小P塞進我的手裡，「我懶得重玩了，妳撞到我的頭，害我遊戲玩到一半被關掉，就要負責幫我重新過到第四大關。」

我傻眼地望著他。這什麼神展開？

他不怕遇到一個連遊戲機都沒摸過的電玩白痴嗎？

「妳還不快玩？」他的口氣帶了點命令。

「好，馬上玩。」我連忙啟動遊戲，竟也沒想過要拒絕。

幸好我不是電玩白痴，雖然沒玩過《刺客教團》，不過憑著玩《忍殺》的經驗，通過最初的教學任務後，我就大致掌握住遊戲的基本操作了。問題是，這個遊戲每一大關都包含數個小關卡，要玩到第四大關不是幾分鐘能搞定的事。

我雙手不停壓著按鍵，拚著以最快速度通關。玩著玩著，我忽然覺得四周的氣氛有點不對，抬頭一瞧，左右兩邊的乘客竟然都探頭在看我打電動，場面莫名滑稽。

「妳操作得那麼快，看得我眼睛都花了。」坐在右邊的阿姨笑著說。

「我很少看到女生這麼會打電動。」左邊的叔叔跟著搭腔。

「其實……真正的高手在我面前。」我尷尬地陪笑，掃了男孩一眼。他的身材高䠷，雙腿相當修長，一手輕鬆地拉住吊環，一手勾著牛仔褲的褲袋，站姿十分帥氣。

我又覷了覷周圍，發現不少女生都對我投以羨慕的眼神，還有人拿手機在偷拍那男孩。

當我破了第一大關的第三小關時，火車開始減速，準備進站。

「對不起，我趕著去學校，要在這一站下車。」存檔後，我對男孩說。

「妳念哪間學校？」他問。

「北陵高中。」

「那走吧。」

「謝謝。」我站起來把小P還給他，又低頭道歉了一聲，轉身走向車廂門口。

下車後，我快步出了驗票閘門，不敢回頭，後背包卻冷不防被人扯住。轉頭一瞧，竟然是火車上的那個男孩。

「妳跑得那麼快，不跟我一起走？」他似笑非笑。

「走去哪裡？」我愣了下。

「北陵高中。」他右手揪著我的背包，大步朝學校的方向走。

「咦？你和我同校？」我像犯人一樣，被他押著往前。

「妳是資訊科的吧。」

「你怎麼知道？」

「我在學校裡沒有見過妳。」

「我也沒見過你，你是哪一班？」我一頭霧水。

「我要升三年級了，三年二班。」他回答。

「你……你是高中部醫科班的學長！」我震驚地指著他的臉。

校方爲因應少子化的招生壓力，在五年前設立了高中部，每年只招收五個班級，其中包含數理資優班和醫科班各一班，這兩班的學生都是通過資優考試的菁英。

高中部位在新蓋的北大樓裡，而我的教室位於南大樓，兩棟樓相隔很遠，所以從入學到現在，我從未踏進北大樓一步，這大概便是我們兩個不曾打過照面的原因。

思忖間，我跟學長已經走到校門口。

「學妹，妳還沒幫我打到第四大關。」他終於放開我的背包。

「我還得繼續玩呀？」我苦著臉。

「當然。」

「學長，你那麼厲害，我覺得你自己玩會比較快。」

「前面的關卡太簡單了，我不想浪費時間重玩。」他完全不給商量的餘地。

「可是我不喜歡玩潛行遊戲啊！」我雙手抱頭，實在不想乖乖就範。

「我知道，正因爲妳不喜歡暗殺，我才要叫妳玩。」

「爲什麼？」

「因爲……」他略微彎身平視著我，揚起人畜無害的笑容，「看到妳不得不玩而露出痛苦的表情，這才是最有趣的事。」

我倒抽一口氣，這人是抖S嗎？

「反正我不急，妳可以把小P帶回家慢慢玩，達成任務後再拿來北大樓還我。」他從背包裡掏出小P和充電器，直接塞進我的手裡，瀟灑地轉身就走。

目送他的背影消失在通往北大樓的小路轉角，我低頭一瞧小P，發現螢幕上有張便利貼，上頭寫著一行字：

弒夜，我叫方硯寒，生存格鬥的3D巨乳滑鼠墊很好用喔！

我震驚地盯著那個名字，腦袋彷彿被一把巨鎚擊中。

醫科班、大我一屆、名字裡有個「硯」字、掌上型遊樂器、《刺客教團》、3D巨乳滑鼠墊……我的心情交織著激動、驚喜、不可思議，還有說不清的懷念，以及想殺人的衝動。

原來這個叫方硯寒的傢伙，正是兩年半前，藉口要考試卻一去不回，擅自把我放生了的冷硯！

❧

圖書館裡，我跟美工科的沈雨桐正在進行晨間的打掃工作。

「事情就是這樣，沒想到方硯寒居然是冷硯。」我停下手上的動作，伸手撫著額頭，中央隆起一個小腫包，輕輕一壓就痛。

「方硯寒……是那個害妳在香草師父面前跌倒的人？」沈雨桐驚訝地說，她聽我聊過以前玩遊戲遇到的事，對香草師父和冷硯等人有一點了解。

「嗯，是他。」

「萱萱，眞的是醫科班的方硯寒嗎？」

「對呀，就是方硯寒。」我從口袋裡掏出那張便利貼。

「真的耶。」沈雨桐湊過來確認便利貼的內容，「那妳要加入獵夫的行列嗎？」

「什麼？」

「獵夫，找老公的意思。」

「我不懂，麻煩妳解釋。」我皺眉。

沈雨桐一邊擦桌子一邊說明：「方硯寒是大我們一屆的醫科班學長，聽說他家是醫生世家，爸爸是大醫院的外科醫生，媽媽開了間兒科診所，哥哥姊姊也就讀醫學相關科系。這麼優秀的家庭背景，加上平時給人神祕又冷酷的印象，讓他在學校裡被稱爲黑王子，深受許多女生的愛慕。但截至目前爲止，還沒有人成功攻略他。」

我沉默了。沈雨桐知道我的初戀是香草師父，卻不知道我後來打格鬥遊戲輸給冷硯，成爲他網路上的女友。

因爲我們並不是兩情相悅，加上我後來還被放生，這般奇恥大辱，我無論如何都不會說出來給她笑的。

「萱萱，妳沒聽過方硯寒這個人嗎？」沈雨桐疑惑地偏了偏頭。

「我們班的男生都只聊遊戲、網紅、各科班花，或者聊怎麼追女生，沒有人會聊男生。」我茫然搖頭。

「資訊科眞是宅男宅女的集中地。」

「美工科也有很多動漫宅啊。」

沈雨桐噗哧一笑，想了想又說：「我之前常常去北大樓，遠遠看過硯寒學長好幾次，他總是低調地走在同學的最後面，不會耍帥引人注目，外表酷酷冷冷的，注視人的眼神很深邃，有種心思深沉的感覺。」

「就像刺客嘛。」

「對對對！就是那種感覺。」沈雨桐拍手表示贊同，「北大樓的那些菁英學生有的個性很高傲，老是一副瞧不起人的樣子，大概覺得和我們不是同一個水準的吧。有一次我在樓梯口跌倒，畫紙被風吹到走廊上，當時所有人都對我視而不見，只有硯寒學長停下腳步，幫我把畫紙撿回來。我趕快對他道謝，可是他不甩我就直接走掉了。」

「可是冷硯在遊戲裡並不冷漠，還跟大家打成一片。」我回想以前跟冷硯一起玩遊戲的情景，他瘋起來可是比誰都變態，可以把你一殺又殺三殺四殺，殺到你求饒，但其實沒什麼距離感。

「網路和現實是有落差的，有的人在遊戲裡很聒噪，現實中卻很內向。我覺得好有趣，你們同校一年，卻不知道彼此的存在。」

「PK賽是小學六年級的事，隔了那麼久，我已經不太記得冷硯的長相了，而且我也不擅長認人。要不是他在玩暗殺類的遊戲，我根本不會聯想到，倒是我剛上火車的時候，他好像一眼就認出我了。」

「聽說醫科班的學生記憶力都超強，跟怪物一樣。」

「也可能因爲是國二的時候，他跟我要過照片，我的外表改變並不大。」

「喲，原來要過照片呀，他以前是不是暗戀妳？」沈雨桐語氣曖昧，用手肘頂了我一下。

「拜託，國一生對小六生能有什麼感覺？」我沒好氣地回推她一下。

「不能嗎？妳不是小六就對香草師父有感覺了？」

我啞口無言，沈雨桐說的沒錯，我小學六年級便喜歡上師父了，那國一生爲什麼不能喜歡小六生呢？

不過我和冷硯在遊戲裡眞的只是互相殘殺，絲毫感受不到他對我有什麼特殊情感。

「說不定妳和硯寒學長的緣分是累積來的。」沈雨桐竊笑。

「什麼意思？」我不解。

「意思是，分離未必是緣分盡了，也可能是爲了累積緣分，只要將每一點微小的思念凝聚起來，就能觸發再次相遇的奇蹟。」

「妳是指，我和冷硯在遊戲裡兩年多不見，是因爲要累積在現實裡相遇的緣分？」

「對！」沈雨桐猛點頭，繼續發揮想像力，「當兩人之間的緣分還未盡時，即使分隔兩地，思念也會一點一滴儲存下來。」

「我才沒有想他，只有思念師父而已。」沈雨桐的話讓我有點發毛，照她這樣說，我和冷硯不知是累積了多少緣分，才能有如今的重逢。

「搞不好是他在想妳。」沈雨桐又補充，「邂逅之後，緣分肯定會產生各種心動效應，將你們聯繫在一起，邁向戀人之路。」

「我才不希望跟冷硯產生什麼心動效應。」我雙臂交叉比了個「X」。

「萱萱！」沈雨桐雙手握住我的肩頭，直視我的眼睛，「網路跟現實就好比二次元跟三次元，難得二次元的人來到三次元了，學長的條件那麼好，難道妳不想把握機會？」

「二次元的冷硯是個殺人不眨眼的刺客，還是個以欺負我爲樂的抖S，萌都萌不起來，現在他跨到三次元變成方硯寒，從2D轉爲3D，那變態程度豈不是更恐怖？」想到冷硯在遊戲裡的惡行惡狀，我不禁打了個冷顫。

「怕什麼？學長以後會拿手術刀，要對付的人是病人，根本輪不到妳挨刀。」

「他沒有師父的一半溫柔。」

「沒有任何男生比得上妳師父嗎？」

「師父是我的初戀，我當然會拿他跟其他男生比較。」我不好意思地轉過身，心頭又揪疼了一下，「反正，想追我的話，至少玩格鬥遊戲要能打贏我。」

「哎喲！妳現在在格鬥榜第四十八名，全校大概沒有男生可以打贏妳。反正我很看好妳和學長的未來，一定會跌破學校裡所有女生的眼鏡。」沈雨桐篤定地說。

我越聽越覺得不妙，心想一定要趕快跟冷硯解除網路上的男女朋友關係。

晚上洗完澡，我開啟遊戲機收發挑戰書，並跟世界各地的玩家進行網路對戰，維持我在遊戲裡的段位和排名。

打完排位賽，我拿出小P繼續破關。當我奮力暗殺小兵時，電腦畫面咚地跳出來自臉書的私訊。

方硯寒：弒夜，妳的臉書只有系統自動發布的遊戲訊息，其他什麼都沒有，未免太乾淨了吧？

「這傢伙竟然追到我的臉書來。」我嘟囔，放下小P打字回覆。

蘇沄萱：我的臉書只用來追蹤同學們的動態，我不喜歡把自己的私事和心情公開在網路上。

方硯寒：妳眞是個好徒弟，還繼承了殿下的原則，這麼保護自己的隱私。

蘇沄萱：保護隱私是資訊科學生的基本常識，跟師父一點關係都沒有。

方硯寒：但是妳會讀資訊科，不就是以殿下爲目標嗎？

蘇沄萱：是又怎樣？方硯寒學長，我跟你有熟到可以討論我的私事嗎？

我越回越生氣，敲完最後一段話，便直接關閉視窗下線。

對我而言，遊戲裡的冷硯是最熟悉的朋友，然而現實裡的方硯寒卻是一個完全陌生的學長。

網路的匿名機制讓人們可以隱藏自己的眞面目，並很快拉近彼此的距離，可是在現實生活中，人與人之間的交流還是必須循序漸進。

因此，當方硯寒提起師父時，就好像想強行跨過我所設下的防線，讓我產生抗拒感。

隔天早上搭火車，我故意挑後面的車廂上車，不想見到方硯寒的臉。

火車到站，我剛走出車站大門，隨即被一個穿著同校制服的男生擋住去路。

我略微抬頭，瞥見對方的衣服胸前繡著「方硯寒」三個字，於是繞過他往前走了幾步，沒想到背包又被從後面拉住。

「有話快說有屁快放！」我不客氣地說，轉頭狠瞪方硯寒。

「昨晚我惹妳生氣了嗎？」他劈頭直問。

「沒有。」我回頭往學校的方向走去。

方硯寒跟了過來，走在我的左邊，我故意放慢腳步，他也跟著放慢腳步；我加快腳步，他也跟著加快腳步。

「你到底想怎樣？」我停下來。

「妳明顯在敷衍我，而我討厭不清不楚的感覺。」他執意問出我眞正的想法。

「好！昨晚我是生氣了，覺得你很討厭！」

「是討厭方硯寒這個人嗎？」

「不是，是討厭你說的話。」

「我明白了，關於昨晚的話題，我以後會避開。」方硯寒的眼底閃過一絲恍然。

「你可以不用避呀。」我雙手插腰，故意挑釁他，「反正看我露出痛苦的表情，不就是你的快樂嗎？」

「妳錯了，因爲使妳痛苦的並不是我，而是那個話題，這怎麼會令我感到快樂？」方硯寒凝視我的眼神異常深沉。

「什麼？」我感覺被他看穿了什麼。

「妳得要討厭方硯寒這個人，這樣我欺負妳才能得到最大的效果。」他的臉上掛著冷酷的笑意，朝我逼近一步，「所以我不會再做白工，便宜了話題裡的那個人，自己卻達不到目的。」

「3D的你眞的比2D更變態。」我倒退一步，順手對他的腹部揮了一拳。

「妳偷襲……」方硯寒微微皺眉，一手壓著肚子。

「你活該！」瞧他忍痛的模樣，我心裡有點痛快，轉身跑進校門裡。

說什麼會避開昨晚的話題，還說不會做白工，便宜了話題裡的那個人，其實講白點，就是他以後不會再提師父，以免再讓我感到困擾或難堪的意思。

沒想到，冷硯這個抖S也有溫柔的一面。

今天的工作是清理圖書館四周的環境，中午打掃完畢，我和沈雨桐熱到渾身是汗，於是一起到校外的冰店吃剉冰，順便聊今天早上發生的事。

「硯寒學長特地問妳是不是討厭他了，這表示他很在意妳的感覺。」沈雨桐認眞地分析。

「他只是想知道原因，誰都不喜歡被討厭的。」我不認同。

「我覺得事情沒有那麼單純，學長對妳一定別有心思。」

我懶得再反駁，張口將一大匙剉冰送入嘴裡，瞬間被凍得有點頭痛。

回家後，我終於把《刺客教團》破到第四大關，因此立刻傳訊給方硯寒，約定明天還他遊戲機。

隔天一早起床，我的腦袋暈暈的，身體有點沉重，出門前還拉了一次肚子。我想大概是昨天吃的剉冰不太衛生，拉完就沒事了。

可是搭火車的時候，我發覺身體越來越不舒服，還伴隨著陣陣暈眩和噁心感，好不容易捱到下車，我拖著步伐走向學校，卻越走越沒力氣。

「弒夜，妳怎麼了？」一隻手臂托住我的腰，穩住我搖搖欲墜的身軀。

我仰頭對上方硯寒滿是疑惑的臉，不巧一陣酸意突然從胃部湧上，我嘔的一聲，大吐特吐起來。雖然及時低頭把穢物都吐在地面，不過他的鞋子還是被濺到了一點。

吐完，我渾身開始冒冷汗，雙腿更加虛弱無力。

「上來。」方硯寒將他的背包反背在身前，半蹲下來要背我。

「不要……我的衣服好像沾到了。」我搖頭拒絕。

「怕髒的話，我就不會進醫科班了。」他雙手環過我的大腿，直接把我背了起來，「學校的特約診所就在前面，我先帶妳去看醫生。」

「謝謝……」我攀著他的肩膀，閉起眼睛縮在他的背上，不敢去看路人的反應。

幸好今天穿的是運動服，否則更丟臉了。

進了診所，方硯寒彎身把我放在候診椅上，跟我要了健保卡到櫃檯掛號。因爲是學校的特約診所，先前幫全校學生做過健康檢查，因此診所方面有我的病歷資料。

經過醫生診斷，確定我是中暑了，需要打點滴。

我跟著護士阿姨來到後面的病房裡，脫掉鞋子躺在病床。

「妳要不要打電話通知家人？」方硯寒拉起薄被幫我蓋好。

「我爸媽回爺爺家了，哥哥們都在上班，我先吊完點滴再看看狀況，說不定可以自己坐車回去。」

方硯寒沒說什麼，只是拉了張椅子坐在病床邊。

「你不回學校嗎？」我問。

「暑輔很無聊，懶得回去了。」他聳聳肩。

暑假期間，我選擇不參加學校的暑輔，自己做專題報告，才會跟沈雨桐一起在圖書館打工。但是資優班有升學壓力，必須強制參加爲期一個月的暑輔。

「對不起，剛才弄髒你的鞋子了。」

「小事，回家洗一洗就好。」

護士阿姨將點滴袋掛到架子上，接著在我的左手臂綁了一條止血帶，再抽出一支針頭。

我從小就非常害怕打針，一看到又粗又長的點滴針，嚇得心跳都要停了，僵硬地轉頭。只見方硯寒目不轉睛盯著我，臉上掛著似笑非笑的表情，心裡不知道在想什麼。

護士阿姨握住我的左手臂，準備刺入針頭，我緊張地睜大眼睛，全身繃緊。

「我的小P呢？」方硯寒突然傾身靠過來，兩手緊緊握住我的右手。

「在背包裡。」我想了一下才回答，針頭在這個瞬間插進左手臂。

刺痛感很快就過去了，我長長吁了一口氣，整個人放鬆下來，這才發現方硯寒早已鬆開手，但我還抓著他。我立刻放開他的手，感覺一陣熱氣湧上臉頰。

「妳的男朋友眞貼心。」護士阿姨笑笑地對我們說。

「他不是我男友。」我澄清。

「她每次都這樣講。」方硯寒無奈地嘆氣。以前被紅蓮閻魔他們調侃時，我總是會否認我們的關係。

「女孩子容易害羞嘛。」護士阿姨點點頭，一副理解的模樣，隨後走出病房。

「冷硯！」我狠狠瞪他，「你考試考到不見人影，我已經解除和你的關係了，你不再是我網路上的男朋友。」

「喔……可是妳搞錯了。」

「搞錯什麼？」

方硯寒又傾身過來，凝視我的臉，露出冷冷的笑意：「當初是因爲我打贏妳，而妳是我的戰利品，所以要解除關係也應該由我解除，妳是戰、敗、者，沒資格說話。」

我瞪大眼睛，想反擊又沒有合適的說詞。我眞的……眞的……好想殺了他！

方硯寒打量著我的表情，身體緩緩靠向椅背，一手抱胸一手掩嘴，笑得肩頭微微顫動。

「你笑什麼笑？」我朝他的胸口搥了一拳，可惜全身還無力著，搥了也沒什麼殺傷力，「看到我生病的慘狀，你很高興吧？」

「是啊。」方硯寒站起來，居高臨下地睨著我，這種角度看起來有種莫名的壓迫感，「看見妳病懨懨的樣子，我心裡眞是開心，開心到想要對全世界吶喊，格鬥榜上有名的弒夜剛才吐得一塌糊塗，現在正躺在病床上，大家快來觀賞喔！」

我咬住下唇，或許是因爲生病的關係，聽到他這麼說，我的內心湧起一股想哭的衝動。

「妳以爲我眞的會這樣想嗎？眞是笨蛋！」方硯寒語氣一變，拎起我的背包，坐回椅子上，「我打電動不喜歡丟輔助道具讓BOSS中毒或陷入混亂，因爲跟全盛狀態的BOSS對決更有快感，即使要多花一點時間才能打敗對方。再說，BOSS都是百毒不侵的，哪像妳那麼脆弱，看得我戰意都沒了，根本提不起勁幸災樂禍。」

我傻眼地望著他。

「瞧妳那麼可憐，還是好好休息吧。」他伸手揉了下我的劉海，「我可以打開妳的背包拿小P嗎？」

我愣愣點頭。他……是在安慰我嗎？

得到我的同意，方硯寒拉開背包拉鍊拿出小P，悠然自得地蹺著長腿啟動遊戲，檢視完人物狀態後，語帶讚賞：「不愧是弒夜，這存檔的血量、武器、劍術等級都開到最高了。」

討厭啦！

被他這樣稱讚，讓我心花怒放，頓時好想跟他聊遊戲。

我克制了好半晌，最後還是忍不住說：「我玩到第三大關時，上網查了攻略，發現有幾個隱藏金幣沒拿到，所以又把前面的關卡重玩了一遍。」

方硯寒抬頭注視我，平靜的眼底閃過一絲波動，嘴角浮現笑意：「金幣是升級用的，少拿一個就可能無法把武器或血量升級到最高，就算玩到全破也會留下遺憾。」

「對呀對呀。」我虛弱地笑了笑。這種感覺實在太糟，所以我才拚了命也要把能拿的金幣全拿到手。

「對什麼對？還不趕快睡覺，別吵到我打電動。」他沒好氣地說，低頭開始玩遊戲。

我靜靜凝視那張專注的臉龐，他前額的劉海散落下來，稍稍遮住眉眼。聽著快速壓著按鍵的聲音，在睡意逐漸襲來之際，我的腦海裡閃過一個念頭。

方硯寒絕不會冷漠，只是別人沒有按到他的宅開關而已。

第四章　神祕房客

再次睜開眼睛，映入眼簾的是診所的白色天花板，插著點滴針的左手臂有些不適。

我轉頭望向掛在架子上的點滴袋，裡面的點滴液已經快輸完了。再看病床右側，方硯寒依然蹺著長腿坐在椅子上，手裡不是拿著小P，而是捧著英文課本。

「Are you feeling better now?」他抬起目光看我。

「嗯……我睡了多久？」我的聲音帶了點剛睡醒的沙啞。

「Two hours.」

「火山矽肺病的英文怎麼拼？」

「Pneumonoultramicroscopicsilicovolcanoconiosis.」

「你眞的會拼？不是亂念的？」我原本還迷迷糊糊的腦袋徹底被嚇醒了，因爲方硯寒故意用英文跟我對話，我才順口考他全世界第四長的單字，沒想到他居然眞的拼得出來。

「這個單字很有名，大概因爲我是醫科班的學生，常有人拿這單字考我，我只好把它背下來了。」他闔上英文課本，起身伸了個懶腰。

見他轉動脖子舒展筋骨，我有些不好意思，吶吶說：「謝謝你……陪了我兩個小時，你應該很無聊吧？」

「從小到大，只要有電動作伴，我就不知道什麼叫無聊。」

「眞的！我也是。」

「吊了那麼久的點滴，妳應該口渴了吧？」

「嗯。」我舔舔乾燥的嘴唇。

「我去買水給妳喝，順便告訴護士阿姨點滴快打完了。」語畢，他轉身離開病房。

過了一會，護士阿姨走了進來，確認我的身體狀況已經大致復原後，便準備拔掉點滴針。

「用力壓住，不要揉，五分鐘後再放開，就可以去領藥回家了。」護士阿姨將一團棉花壓在我左手臂打針的位置，再緩緩抽掉點滴針。

針頭抽出的刺痛感讓我不禁皺眉，我起身坐在病床邊，用右手按著棉花，輕聲向護士阿姨道謝，並目送她走出去。

收回視線時，只見指尖下的棉花慢慢被鮮血浸溼，血好像一直在湧出。

爲什麼會這樣？

棉花吸飽了血，整團呈現鮮紅色，血還不斷地冒出來，沿著手肘流下，一滴滴落在地板上，逐漸形成小小的血泊。

門口傳來腳步聲，方硯寒拿著兩瓶礦泉水返回。

「冷硯……」我無助地望著他。

「怎麼了？」他露出疑惑的表情，繞過床尾，發現我手臂淌血的慘狀。

「血止不了。」

「護士阿姨沒叫妳用力壓住嗎？」他隨手將礦泉水放在病床上，抽了幾張面紙，過來幫我擦掉手臂上的血。

「她有說，我也有壓啊。」血一擦掉，又馬上從傷口流出。

「妳怕痛，沒有眞的用力壓緊吧？」方硯寒從工具推車上取出一小團棉花，以大拇指緊壓在傷口上，那力道讓肌膚微微下陷，「至少要壓得這麼用力。」

「喔……」我愣愣點頭，這才明白自己剛才壓得太輕了，才會沒辦法止血。

由於半彎著上身，方硯寒的臉龐近在眼前，長長的睫毛半垂著，沉靜的神情讓我感覺很安心。

似乎察覺到我的注視，他忽然抬眸對上我的目光。

這一刻，我的心跳漏了一拍，慌亂地眨眨眼睛，不知道該把視線擺在哪裡。

方硯寒若無其事地低頭看地上的血跡，嘴角微微勾起：「眞浪費，妳的血顏色鮮紅，含氧量很高，很健康很漂亮。」

「所以我剛才應該拿個杯子接起來嗎？」

「喝下去也行，畢竟是妳自己的血。」

「嗄？」我傻眼了，「如果我舔自己手臂上的血，你進來看到不會覺得很恐怖嗎？」

「那麼獵奇的畫面，我看了應該會很興奮。」他凝視著我，眸光變得深邃，像是在幻想我舔血的畫面，嘴角牽出一抹冷笑。

「你才獵奇吧！」我下意識伸出右手摀住他的眼睛，想阻止他的幻想。

掌心裡傳來睫毛輕輕眨動的觸感，意識到這個動作有點親暱，我趕緊縮回手，耳根熱了起來。

瞧我羞窘不已，方硯寒忍俊不禁，放開我的手臂站直身子。

我拿開棉花，發現血眞的止住了，於是崇拜地說：「你好厲害！家裡有人是醫生眞好，要是生病了，就可以找他幫忙看病。」

「不好吧。」他不以爲然地搖頭，「不管大病小病，看到家人生病的模樣，那是多麼難過的一件事。」

我頓時覺得自己說錯話了，這種事的確別發生最好。

「我送妳回家。」方硯寒走到病床的另一邊，把英文課本收進自己的背包裡。

「不用麻煩，我可以自己坐車回家。」我下床穿上鞋。

「中暑可能會昏倒，妳自己坐車回家太危險了，況且我已經叫車來了。」

「啊！不用叫計程車……」

「是我家的車。」他打斷我的話，逕自拎起我的背包。

我不好意思再拒絕，只好隨方硯寒到隔壁的藥局領藥。領完藥走出大門，只見門前停了輛黑色轎車，駕駛座的車門旁站著一位老伯伯，正是我小六時在PK賽那天見到的那位老伯伯。

司機伯伯拉開後座的車門，我遲疑了一下才坐進去，腦海裡很搞笑地閃過卡通《櫻桃小丸子》的畫面，花輪和秀大叔就類似這種感覺。

方硯寒從另一側上車，提著背包坐到我身邊，探頭向前座的司機伯伯說：「到中正路二段XX巷XX弄XX號。」

「你怎麼知道我家的地址？」我十分詫異。

「掛號時看到妳的病歷表，我就順便記下來了。」他拿出一瓶礦泉水，旋開瓶蓋遞給我。

「謝謝。」我接過水喝了好幾口，心想這傢伙的記憶力真是驚人。

轎車平穩地行駛，我喝完水蓋上瓶蓋，轉頭看窗外的景色。

「快中午了，妳要不要吃點東西？」方硯寒問。

「我不餓。」我回頭。

「妳已經把胃裡的食物都吐光了，可以撐到晚上等家人回來嗎？」

「不然……我買個粥回家吃好了。」

方硯寒隨即交代司機伯伯，請他注意路邊有沒有賣粥的店家。

「你《刺客教團》玩到哪一關了？」我輕輕轉著礦泉水瓶，意外地覺得他很貼心。

「我全破關了。」

「好快！」

「小P版的太簡單了。」

「就說你自己玩比較快，幹麼還要把遊戲塞給我？」我沒好氣地白他一眼，這傢伙竟然花不到兩個小時，便把剩下的四大關全破了。

「因爲強迫妳玩比自己玩來得有趣。」

「眞是惡趣味！」

「多謝誇獎。」

「我又不是在誇獎你。」

方硯寒側身面對我，左手肘靠在椅背上，撐著頭微笑：「對了，妳知道我爲什麼沒再上線嗎？」

「爲什麼？」我也側過身看他，想知道原因。

「很恐怖的理由。」

「快說啦。」

「因爲我被人綁架了。」

「被外星人嗎？」我不相信地瞅著他，「你少唬人了。」

「哈哈，被妳識破了。」方硯寒輕笑，「其實是考完試後，我的遊戲機突然掛掉了，連修都不能修，後來考試成績出來，我阿姨住在北陵高中附近，她推薦我讀那裡的醫科班，我就申請了。目前我借住在阿姨家，只有寒暑假才會回家，像現在一樣搭火車上學。加上阿姨家有三代的P遊戲機，我就跟著表哥一起打電動，沒再買新的X遊戲機了。」

「所以……你其實是跳槽了？」我對他投以鄙視的眼神。

「妳該不會有主機情結吧？」方硯寒微微瞇眼。

所謂的主機情結，便是指每種類型的家機都各有擁護者。以前在御夢幻境上，玩家在討論不同遊戲機的性能時，通常會針對遊戲畫質、讀取速度、連網品質等進行比較，討論著討論著，就筆戰起來。

方硯寒最開始是先有二代P遊戲機，現在住在阿姨家玩的是三代P遊戲機，掌上型用的則是同公司出產的小P，所以這傢伙應該是偏向P派的；而我自始至終都只有X遊戲機，硬要說的話，確實是X派。

「我是有主機情結。」我抬起下巴，「別說你沒有！」

「妳有我就有。」方硯寒笑了笑，低頭看看我的背包，似乎想起什麼事，「對了，剛才在醫院裡，妳的手機有響喔。」

我打開背包拿出手機查看，是沈雨桐的來電，而且顯示爲已接來電，「你幫我接了？」

「因爲妳在休息，我怕是妳的家人找妳，才幫妳接了。」他一副理所當然的樣子。

「她不是我的家人。」

「嗯，她說是妳的朋友，讀美工科。」

「你們講了什麼？」我的頭皮有點發麻。

「她問妳怎麼沒去圖書館打工，我說妳中暑了，在診所裡吊點滴，她又問我是誰，然後……」他突然不說了，故意賣關子。

「然後怎樣？」我急急追問。

「我說我是方硯寒，她莫名其妙開始尖叫，要我要好好照顧妳，然後就掛了電話。」

「方硯寒！我會被你害死！」

「爲什麼？」

「因爲……你很麻煩、很討厭……」我糾結地扯著自己的頭髮。這叫我怎麼跟沈雨桐解釋？

「我很麻煩很討厭？」他的神情看起來竟有幾分愉悅，「嗯，很好很好。」

「第一次看到小少爺欺負女孩子。」司機伯伯突然出聲。

「伯伯，我在遊戲裡被他欺負過很多次了。」我望著後照鏡，司機伯伯和藹的笑臉映在上面。

「伯伯，她是我遊戲裡的女朋友。」方硯寒向司機伯伯介紹。

「那是他逼我的！」

「嗯，不錯不錯。」司機伯伯大笑。

我一頭霧水，不太明白伯伯在笑什麼，臉頰卻莫名熱了起來。

轎車抵達我家公寓門口，我背起背包下車，接過方硯寒遞來的蔬菜粥。

「謝謝你送我回家。」我頷首道謝。

「不客氣。妳回家後到陽臺揮個手，我確認妳沒事再回去。」他指著五樓陽臺。

我點點頭，掏出鑰匙打開公寓大門，拖著無力的步伐慢慢爬上五樓。

進屋後，我把粥暫放在茶几上，來到陽臺探頭往下看，方硯寒雙手插著褲袋站在轎車旁，仰頭注視著我。

我朝他揮揮手，他舉起右手擺了擺後，坐進轎車裡。

目送轎車駛出巷口，我嘆了一口氣。

從小到大，我不曾中暑過，第一次中暑便被方硯寒撞見，還那麼狼狽地被他救了，緣分……好像眞的在拉近我們的距離。

回到屋裡，我吃了半碗粥就回房睡覺，直到房間裡燈光大亮，讓我因此醒來。

「蘇沄萱，茶几上的藥袋是怎麼回事？」二哥坐在床邊輕拍我的臉。

「我中暑了……去學校附近的診所吊點滴。」我揉揉眼睛，撐起身子。

「中暑？妳怎麼沒有通知我？」二哥有點驚訝。

「你們都在上班。」

「還是可以打電話給我呀，我會請假接妳去看醫生。」

「我自己去看也一樣。」

「不一樣好不好！妳那麼怕打針，沒人陪豈不是很可憐？」二哥的語氣變得激動。

「二哥，你好吵……」我伸手壓住耳朵，不敢老實說有方硯寒陪我。

「嘉鴻，妹妹都已經看過醫生，你別再怪她了。」大哥的聲音從門口傳來。

「不是啊，大哥！」二哥跳了起來，氣沖沖地指著我，「你應該罵她生病了，怎麼沒有第一時間通知我們？」

「好啦，我會罵她，你出去弄點東西給妹妹吃。」大哥把二哥推出房間，隨後坐在床邊，摸摸我的額頭，「自己捨不得罵妳，還叫我罵妳。」

話還沒說完，門外響起鍋鏟掉到地上的聲音。

大哥莞爾一笑：「等一下不管妳二哥煮了什麼，妳都要誇好吃，否則他會跟妳沒完沒了。」

「是，我知道了。」我虛弱地笑，抱住大哥撒嬌。

隔天是週末，我在家裡休養了兩天，身體總算慢慢康復。

星期天早上，我起床走出房間，看到大哥和一名男子站在門口說話，二哥則坐在客廳的沙發上吃早餐。

我家這棟公寓的屋齡已經有二十多年，總共五層樓，我家就在五樓。頂樓有加蓋，空間大概十多坪，爸爸將其裝潢成獨立的小套房，出租給公司的同事住，那名男子正是我們的房客，租屋已經邁入第六年了。

「房客怎麼了？」我在二哥的對面坐下。

「他下個星期調職到臺中，所以退掉這邊的租屋了。」

「喔。」

跟房客談完話，大哥關上大門回到客廳，坐在我的身邊，「下午房客要來搬家，嘉鴻你不要亂跑，跟我一起清點屋內的東西。」

「好麻煩喔，房客為什麼要調職？」二哥一副不情願的樣子。

「我可以幫大哥清點。」我舉手。

「妳身體才剛好，點個屁啦。」二哥瞪我一眼。

「我才不想點屁，愛點給你點。」我對他吐舌扮鬼臉。

「爸媽不在家，那房客搬走後，我們要繼續出租嗎？」大哥徵詢我和二哥的意見。

「租啊，為什麼不租？」二哥痞痞地看著我，「爸媽的退休金是爸媽的，要讓他們留著養老用，大哥賺的錢是大哥的，要存下來當作結婚基金，而我打工賺的錢是要用來繳學費的，只有妹妹還是米蟲一隻。」

「你在我這個年紀也是米蟲好不好！」我抓起抱枕朝二哥砸過去。

「為了終結妳這隻米蟲，乾脆房東讓妳當，租金給妳繳學費。」二哥接住抱枕，又向我丟回來。

「這樣就不會花到你的錢，對吧？」

「聰明。」

「吝嗇鬼！」

「沄萱，別聽妳二哥亂講，如果妳有需要用錢，可以直接跟我拿。」大哥溫柔地說。

「還是大哥最好了。」我露出燦笑。

「喂！我也有幫妳買遊戲片耶。」二哥在一旁抗議。

「好啦，二哥也不錯啦。」

「這還差不多。」二哥冷哼。

下午，大哥和二哥忙著和房客清點物品，我則回到自己的房間。當我打開遊戲機準備打排位賽時，螢幕上跳出一則訊息，是冷硯邀我私聊。

我迅速戴起耳麥，訝異地問：「你不是沒有X遊戲機了？」

「我早上請司機伯伯帶我去買了，幸好還記得帳密。妳的身體有沒有好一點？」

跟兩年半前相比，耳機裡冷硯的嗓音變得低沉了些，說話咬字簡潔清晰，帶點酷酷的感覺。雖然跟本人見過面，不過對我來說，遊戲裡的冷硯才是最熟悉的朋友，現在看到他的帳號再次上線，我的心中滿是激動。

「謝謝，我的身體好多了。」我微笑回答。

「我剛剛去查格鬥榜，妳竟然是臺灣區第四十八名，眞不簡單！」

「四十八名又不厲害，而且前面的人太強，我一直打不贏他們，已經停在這個名次很久了。」

「對了，妳的玩家檔案裡少了『冷硯的女友』這個備注，麻煩補上去喔。」

「可惡……」這個大惡魔！果然聊沒兩句就要欺負我。

「妳有沒有新一點的遊戲片可以借我？」方硯寒笑了笑。

「有，星期一我帶幾片遊戲借你玩。」我轉頭看向書櫃，裡面有幾款遊戲破關後，我就沒再動過。

「謝了。」

「說起來，沒想到你能在火車上認出我。」

「妳很好認呀，就是把Q版的弒夜拉長一點點。」

「你眞的很欠揍！」我火大地罵道。從小六到現在，我只長高十五公分，可是哥哥們卻很高，兩人都有一八〇。

「紅蓮閻魔、轉角遇到鬼、御皇焱，看到他們的帳號好懷念。」方硯寒感慨地說。

「你走了以後，大家在現實生活中都越來越忙，上線的次數漸漸減少，最後只剩下我一個。」我打開好友名單，逐一掃下來，直到停在Vanilla的名字上，「看著大家一個個離開，那種感覺還挺寂寞的。」

「那麼現在我回來了，妳的寂寞感有少一些嗎？」他的聲音轉爲低柔。

「多多少少……有吧。」我的心緊了一下。

「《刺客教團II》會在九月份發售，橫跨X遊戲機、P遊戲機和電腦三個平臺，妳是我的網路女友，應該會陪我玩吧？」

「你明知道我玩潛行遊戲會頭痛的。」我意興闌珊。

「那我只好回到P遊戲機的懷抱，畢竟那裡的朋友多，玩起來比較有趣。」

「好吧，我陪你玩。」聞言，我只得忍著怒氣屈服。這混蛋說得輕描淡寫，實際上根本是在威脅我，擺明了要虐我，「不過在我陪你玩暗殺之前，你要先陪我格鬥。」

「可以，我一定奉陪到底。」他爽快答應。

反正都會被他虐著玩了，那麼在被虐之前，至少必須先把他狠狠痛打一頓！

星期一早上，沈雨桐不出所料地立刻逼問我方硯寒的事。

「萱萱！」她把掃把柄當成麥克風，湊到我嘴邊，「妳給我從實招來！星期五那天，妳跟學長進展到哪裡了？」

我被逼得背靠在窗框上，退無可退，只好招供：「就……在去學校的路上，我頭暈吐了、被他送到診所、吊點滴、我睡覺、他打電動、睡醒拔點滴、再坐車回家、星期天冷硯重新上線，我跟他格鬥了五場，把他打得落花流水……」

「停！我想聽的不是簡略流程，更不是格鬥過程，而是你們在診所裡說了什麼話？有什麼互動？妳對他有什麼感覺？他對妳露出什麼表情？統統都必須報上來！」沈雨桐嚴肅地要求。

「饒了我吧，我擅長操作軟體，不擅長寫作文。」

「妳不要找藉口。」

「我跟方硯寒眞的沒什麼……」話還沒說完，我看到沈雨桐微微睜大眼睛，往後退了幾步，像是我背後的窗戶外面有什麼怪東西似的。

一隻手驀地從窗外探進來，越過我的左肩上方，輕輕扼住我的喉嚨，「妳全身都是破綻，又這樣背對我站在窗邊，會讓我很想把妳宰掉。」

這個暗殺遊戲狂！

我抓住方硯寒的左手臂，向前彎身用力一扯，他應該會被我拉得卡在窗框上。

沒想到方硯寒反應很快，迅速伸出右手臂圈在我的頸間，我們之間隔著一堵牆，我越是拉扯他的左手臂，他的右手臂就箍得越緊，我們將彼此鉗制在牆的兩側，一時無法分出勝負，雙雙動彈不得。

喀嚓一聲。

我愣了下，沈雨桐竟然拿著手機在拍照。

「抱歉，這種相愛相殺的場景讓我克制不住。」沈雨桐忍笑忍到脣角顫抖。

我慢慢鬆開方硯寒的左手臂，他也緩緩收回右手，轉過身，只見他側靠在窗框邊，嘴角噙著淺淺的笑意。

「你簡直有中二病！」我忍不住罵。

「妳連格鬥裡的背面上段摔都使出來了，不也玩得很開心？」他吐槽。

「你到底來幹麼？」

「跟妳拿遊戲片呀。」

「噢，差點忘了。」我轉過身，沈雨桐比我還急，早就衝到櫃檯後拿了我裝著遊戲片的小提袋，跑回來塞到我的手裡。

「裡面有五片遊戲，都是我覺得很好玩的。」我把小提袋遞給方硯寒。

「謝了。」方硯寒接過袋子，「晚上我有家教課，會晚點上線。」

「好，我等你，不見不散。」我順口回答。

沈雨桐雙手掩嘴，雀躍地跳了下，這明明只是遊戲約戰，但聽在她的耳裡好像不是那麼一回事。

「學長，你還記得我嗎？」沈雨桐指著自己的臉。

方硯寒凝視著她，輕聲說：「青花瓷瓶、橘子、白菜、魔術方塊。」

「啊！」沈雨桐尖叫，眼神瞬間亮了起來，興奮地拉住我，「萱萱，我被風吹走的那張畫紙裡，畫的靜物就是這些！」

「方硯寒，我可以問你一個問題嗎？」我決定求證一件事。

「什麼問題？」方硯寒側了側頭。

「你以前在賽車遊戲裡特別喜歡鑽小路，突然冒出來撞人，可是你都不怕迷路跑錯路線嗎？」

「不怕，因爲我把整張地圖背起來了。」

這傢伙的記憶力果然是怪物級的。

他根本不是在享受競速的快感，而是在享受如何抄捷徑去「暗殺」別人的車。

早自習的鐘聲響起，方硯寒對我們擺擺手，提著遊戲片轉身離開。

「萱萱，學長眞的好帥，妳一定要攻下他！」沈雨桐花痴模式全開。

「同人誌販售會快到了，妳的本子畫到哪裡了？」我轉移話題，心想我早就攻下他了，在網路上。

「我……正在趕了。」

「送印的截止時間快到了，妳不要再混了！」我抓住她的肩頭猛搖。

「是！萱萱大人，我會努力趕的！」沈雨桐被我搖得慘叫。

當天夜裡，我開著遊戲機等到十點半，方硯寒才終於上線。

「家教結束了？」我問。

「嗯，好累。」他嘆氣。

「怎麼會？你的記憶力那麼好，讀起書應該很輕鬆吧？」

「其實跟妳們女生看偶像劇一樣，明明有辦法把每個情節都記下來，但讀書時卻無法發揮那種記憶力，我也是玩遊戲時可以記得很清楚，讀書時就差了點。」

我想，他所謂的差應該也差不到哪裡去，畢竟是醫科班的菁英。

「弒夜，反正比格鬥我現在是打不贏妳，不如我們來打雙人戰。」方硯寒突然提議。

「雙人戰？」我愣住。

格鬥遊戲除了一對一的單人對戰模式外，還有二對二的雙人對戰。

這並不是指四個人一起大亂鬥，而是採輪流出場的方式，一個上場跟敵手對打，另一個則在後方待機，擂臺上還是維持兩人。休息的人血量會慢慢恢復，因此雙人對戰著重於搭檔間的相互支援。

我之前專攻單人對戰，很少打雙人對戰，因爲實力相當又有默契的搭擋不好找，雖然也可以一個人操控兩個角色，但玩起來容易錯亂。

「走，我們先試個幾場。」方硯寒發出邀請，顯得躍躍欲試。

「可是……」如果組雙人戰隊，那我就不能痛打他一頓了。

「妳不打的話，我只好下線玩妳今天借我的遊戲。」

討厭，爲什麼要這樣逼我？

雖然很不甘心，不過個人賽打久了，也是會想換換口味。

我恨恨地接下邀請，兩人一起進入遊戲。

場景是非洲大草原，藍天白雲，四周還有獅子和羚羊在跑跳。

「太好了，是寬廣的場景。」我笑了。

「根本是特別爲我準備的擂臺。」方硯寒冷笑。

系統是以格鬥段位進行配對，我的段位高，因此被分配到高段的對手。

「印象中是百大榜上的玩家。」我瞄瞄對手的帳號。

「了解，我應該打不贏他們。」方硯寒客觀地判斷。

「誰第一個上？」

「妳。」

「混蛋！躲在女生背後，是不是男人啊！」我嘴上罵著，還是操控角色衝向對手。

「因爲女朋友是拿來秀的。」方硯寒涼涼地笑。

由於兩人可以隨時輪替，只要有損血便能下場休息，不限重新上場的次數，對戰耗費的時間自然比單人對戰時要長。當我好不容易使出大絕打敗第一個對手時，自己的血條已經去掉三分之二。

「弒夜，撤！」方硯寒叫道。

我一個後空翻向後退開，冷硯跟著前空翻過來接應，兩個角色的身影在半空中交錯而過。

來到場邊休息，我的血條以緩慢的速度回升，再看看前方，寬闊的草原正好讓冷硯發揮他的所長，用側移、翻滾和滑步擾亂對手的進攻。

雖然我單打的實力比他強，不過他的迂迴戰術和擾亂能力比我高明。

方硯寒心裡也有底，撐著幫我爭取到讓血量回復一半的時間。只要有一半的血量，對我來說便綽綽有餘了。

「弒夜，上！」方硯寒又喊，他的血量被打得見底了。

「混蛋！你眞的不是男人，應該要戰到死吧！」我朝耳麥大吼，一邊飛身躍向他。

「是男人就要活著回去見女友！」方硯寒旋身托住我的身子，迅速將我擲往對手。

我借助他的力量攻向對方，只花不到三十秒的時間就終結這場戰鬥。

接著，我們又連續和別人對戰了好幾場，搭檔起來幾乎是所向無敵。

對戰結束，我放下搖桿，心裡驀地湧起一絲傷感，輕輕嘆氣：「眞好玩，我以前……怎麼沒有想過試試雙人對戰呢？」

方硯寒沉默了一下，「跟殿下嗎？」

「嗯，不過那時候我的戰技還很差，大概無法跟師父並肩站在擂臺上。」

「妳絕對會扯他後腿，讓他蒙羞，被全世界的格鬥家笑話。」

「你一定要講得那麼毒嗎？」

方硯寒靜了靜，沒再繼續這個話題，而是笑道：「如果格鬥遊戲有結婚系統，我們默契這麼好，應該可以去公證了。」

「想得美，誰要嫁給你。」我駁斥。

「就是沒有結婚系統，我才會這樣講，妳當眞了？」

「哼！我才沒當眞。時間不早了，你還不滾去床上？」

「哈哈……正要滾。明天見。」

「明天見。」語畢，我關掉遊戲機，打了個大哈欠。

說眞的，雖然常常被方硯寒戲弄，不過跟他玩遊戲很刺激，讓人非常開心。

八月悄悄到來，天氣依舊炎熱。

某個星期六的上午，我陪沈雨桐去逛漫畫店和美術社，買了幾本漫畫及圖畫紙，下午三點多回到公寓，我剛爬到三樓，後腦突然被人輕拍了一下。

「蘇沄萱。」二哥從後面走上來，「我買了三個蛋糕。」

「眞的嗎？」我看到二哥手裡拎著一個提袋，裡面有三個小蛋糕盒。

「嗯，一個給大哥，兩個給我自己。」

「那我呢？」

「妳、沒、有！」二哥露出欠揍的笑臉，快步往樓上衝。

「爲什麼我沒有？」我追上去，一把扯住他的衣角。

「因爲不想給妳吃呀。」

「蘇嘉鴻！你很幼稚耶！這樣捉弄妹妹很好玩嗎？」我們倆一路從樓梯間拉拉扯扯到客廳裡，見大哥坐在沙發上，我拽著二哥過去，「大哥！你幫我評評理，二哥不想給我吃蛋糕的話，那就不要跟我炫耀呀，我又不是非吃不可。」

「因爲跟妳炫耀過，會讓我覺得蛋糕更好吃。」二哥噗地笑出聲，又惹得我抓狂地握拳搥打他。

「你們兩個，我的面前現在正坐著客人，你們都沒有看見嗎？」大哥皺眉斥責。

有客人？

我的動作頓時停止，緩緩轉頭，看向大哥對面的沙發。

沙發裡安安靜靜端坐著一名男人，他頂著劉海後梳的髮型，側臉線條柔和，雙手捧著馬克杯，身穿白襯衫和深色西裝褲，黑色領帶以銀白色的領帶夾固定在襯衫中央。

他神情無波地注視著前方某個點，沒有對焦的眼神帶點朦朧，剛才我和二哥的打鬧似乎都沒能引起他的注意，彷彿他所坐的那個角落跟我們這邊是不同的世界。

「這位是溫先生，他是我們的新房客，剛剛簽好租屋契約了。」大哥先為我們介紹他，再伸手指了指我和二哥，「這兩個特別吵鬧的，是我的弟弟和妹妹。」

握著馬克杯的手指微不可察地動了一下，靜如雕像的男人轉過頭，冰涼如水的視線輕輕落在我和二哥臉上。

他的年紀看起來跟大哥差不多，臉龐略顯瘦削，五官清秀俊雅，漆黑的眼底不帶情緒，嘴脣比平常人少了些血色，眉宇間是掩不住的淡漠。

午後陽光斜斜穿過陽臺紗門，在他的位子灑落一層淡淡的光亮，將他整個人襯得更加白淨。雖然大哥平時也穿西裝上班，卻穿不出這種不染塵埃又帶點雅痞的味道。

或許是被溫先生隱隱散發的疏離感所懾，我和二哥不禁立正站好，不敢再繼續打鬧。

「你好，我叫蘇嘉鴻。」二哥自我介紹，一邊用手肘頂我。

「呃，我叫蘇沄萱，你好。」我點頭。

「你們好，我叫溫亦霄。」他的聲音冰涼涼的，不過語氣很溫和。

「我們的爸媽暫時住在鄉下，以後如果房間有任何使用上的問題，可以直接跟我反應。」大哥微笑。

「雖然是我大哥跟你簽租屋契約，不過你的房東其實是我小妹，因為房租是用來供她念書的。」二哥開玩笑地說，把蛋糕盒放在茶几上，「溫先生，要不要吃蛋糕？」

「我很少吃甜食，還是留給小房東吃吧。」溫亦霄的目光移到我臉上。

「我剛才在外面吃得很飽，二哥你留著慢慢吃吧。」我裝出溫柔的聲音，拒吃二哥買的蛋糕。

「妳不屑我的蛋糕嗎？」二哥臉上帶笑，額角的青筋卻跳了下。

大哥微微皺眉，拿起放在茶几上的一張名片，不著痕跡地轉移話題：「溫先生是資訊部經理。」

二哥伸手接過名片，我湊過去一瞧，名片上面寫著：

昱威股份有限公司資訊部經理　溫亦霄

我心裡一驚。資訊部經理，那他的電腦技能是不是很厲害？

「我妹妹也讀資訊科，以後她如果有電腦方面的問題，就可以向溫先生請教了。」二哥的語氣轉爲恭敬。

溫亦霄沒有回話，只是低頭喝了一口茶。即使二哥說的是客套話，一般人也都會敷衍個兩句，他這種擺明不想搭理人的樣子，讓我有點惱怒。

「不用！有問題的時候，上網搜尋就可以找到答案了。」我微笑著說。這可是師父對我的教誨。

意外地，溫亦霄又抬頭望了我一眼，目光好像柔和了一點點，隨後他將馬克杯放在茶几上，站起來對大哥說：「時間不早了，我該回去整理行李，明天下午我會搬過來。」

「沒問題，我明天一整天都在家，你隨時可以搬進來。」大哥跟著起身送他出門。

兩人走向門口，溫亦霄的身高跟大哥差不多，不過體格瘦了些，胸膛也單薄了點，畢竟大哥平常會打籃球，多少有練出一點肌肉。

「態度那麼高冷，帥有什麼用？還是大哥和二哥好。」我小聲抱怨了句。

「衝著妳這句話，我的兩個蛋糕都送妳吃，第三個留給大哥吃。」二哥提起蛋糕盒塞到我手裡。

我不依地癟嘴，想把蛋糕盒推還。

「我的蛋糕也給妳吃。」大哥走回來，伸手摸摸我的頭，阻止我推拒的動作，「溫先生應該沒有惡意，可能只是不知道該怎麼回應，有些資訊人員長期跟電腦為伍，比較不會處理人際關係。」

我低頭瞧著蛋糕盒，搞了半天，三個蛋糕最後全歸我了，難不成二哥原本就都是要買給我吃的？

「不懂得處理人際關係，還能當上經理？」二哥嗤了一聲，拿過租屋契約翻看。

「應該是能力很強吧。」大哥推測，「萬一公司的電腦當機了，收銀人員不能結帳、會計不能做帳、業務沒辦法接單、客戶無法寄信進去，整家公司的運作就會癱瘓，沒實力怎麼能當上經理？」

「說的也是，只要電腦出問題，就能測出資訊人員的能力到哪裡，這是無法蒙混和偽裝的。經理得管理整個部門，實力絕對不會太差。」

「所以你們別小看資訊人員，明面上大老闆是整間公司的神，但資訊部暗地裡監控著所有員工在電腦上的一切活動，資訊經理就像暗界大魔王，連大老闆的電腦壞了，都要請他維修呢。」

「我以後也要當上資訊部經理，監控全公司的一切，成爲暗界的女魔王！」我右手握拳，充滿鬥志地立下目標。

「妳先自己去照照鏡子，沒有《生存格鬥》裡那些女角的巨乳，要怎麼當女魔王啊？」二哥吐槽。

下一秒，我放下蛋糕盒，撲上去把二哥打趴在沙發。

隔天下午，我寫完暑期的專題報告，來到客廳裡喝水時，隱約聽見大門外有嘈雜聲，還有腳步聲上上下下的，應該是新房客搬進來了。

約莫半個小時後，外頭重歸平靜，我壓抑不住好奇心，走上樓梯推開頂樓的門。

頂樓的後半部是那間獨立小套房，前半部則是面積頗大的陽臺，視野很好，可以眺望遠方的高樓，傍晚還可以欣賞漂亮的夕陽。

媽媽在陽臺種了不少盆栽，有金桔樹、七里香、紅楓，還有五顏六色的各類花花草草，平常爸媽有事不在家時，我和哥哥們會輪流上樓澆花。

大哥的聲音從背後傳來：「溫先生，如果你有需要收信，可以留我家的地址，我們收到信件會轉交給你。」

我回過頭，大哥正好從套房裡走出，而溫亦霄站在門內，他身穿休閒衫和牛仔褲，臉上戴著眼鏡，前額的劉海自然地放下，整個人顯得特別年輕。要不是昨晚看過他附在租屋契約裡的身分證影本，確定他今年二十五歲，我可能會以爲他是個大學生。

「那信件就麻煩你們了。」溫亦霄的視線朝我投來。

「我只是來幫盆栽澆水。」我拿起放在牆角的灑水器，被他的眼神凍得心尖一抖。

「以後盆栽我會幫忙澆水，你們沒事可以不用上來。」溫亦霄平緩的嗓音透著拒人於千里之外的淡漠。

我將灑水器放回原地，有種被下逐客令的尷尬，完全無法對這個總是端著冷臉，態度又有點無禮的房客產生一絲好感。

「那以後盆栽就麻煩你了。」大哥倒是樂得輕鬆，拉著我的手下樓。

回到家，我雙手插腰氣呼呼地抱怨：「大哥！那個溫先生有點討厭，好像把我們當成病毒似的，不能接近他方圓十公尺的範圍。」

大哥打開冰箱，倒了杯果汁：「我留意過他的家當，只有簡單的衣物，電腦設備不少，但沒有什麼奇怪的東西。他可能是喜歡清淨，不愛被人打擾。」

「是嗎……他這麼難相處，以後會不會找碴，故意遲繳房租？」

「這點妳不用擔心，因爲溫先生已經爽快地付清一年的房租了，所以我們就順應他的要求吧。」大哥拉起我的手，從褲袋裡抽出一個信封，交到我的手裡，「這些錢妳要存進郵局，不可以拿去亂花。」

打開信封一看，裡頭有一大疊千元鈔票，我不禁倒抽了一口氣。

一個月的租金是六千元，一年加總起來便是七萬兩千元，足足可以繳清我高中二、三年級的學費了。

「我才不會亂花錢呢。希望溫先生會好好照顧媽媽的盆栽。」我的興趣只有打電動，平常很少逛街買衣服或飾品，遊戲片則是用存下來的零用錢買的，大多是網拍的二手貨，價格至少折半。

「嗯，希望他不會把盆栽養死。」大哥笑了笑。

「大哥，你好像從來不會憑第一眼印象去評判人的好壞。」我看著大哥隨和的笑臉。

「因為我都是先分析對方的條件對我是否有利，溫先生不養寵物，在公司裡職位高、工作穩定，行李中沒有女人的用品，鍋碗杯盤也不多，代表他生活單純，應該不會找朋友回家喝酒玩樂，而且房租一次付清，還可以幫我們澆花，這些條件偏向利多，是可以投資的。」

「哇！好商科的思維。」我為之絕倒，「那……我呢？」

「妹妹是屬於古董一類的。」大哥摸摸我的頭，露出估價時的職業笑容，「喜歡的就當寶，不喜歡的就當垃圾。」

我噗哧一笑，頓時覺得自己很幸運，能夠出生在這個家庭裡，被爸爸媽媽還有哥哥們疼愛。

第二天，我一如往常準備去學校打工，剛打開大門，就遇到溫亦霄穿著正式，手提公事包從樓上走下來。

「早安！」我精神抖擻地跟他道早，畢竟他是提供我未來兩年學費的金主。

溫亦霄向我微微頷首，神色依舊淡漠，一副天塌下來眉頭也不會皺一下的樣子。

「今天天氣……」我話還沒說完，他已經朝樓下走去，目中無人的態度讓我氣得忍不住對著他的後腦空揮拳。

溫亦霄忽然打住腳步，回頭看我。

我嚇得趕緊改跳學校的晨間健康操，而他只是默默注視著，直到我跳了四個小節之後，他才又轉身下樓。

「我好白痴……」我的額頭磕在牆上，覺得眞是丟臉到極點。

接下來幾天，我偷偷觀察溫亦霄的作息，他上下班的時間非常固定，早上大約六點半出門，傍晚五點多回家。

某天趁著他還沒下班，我偷偷上樓，發現溫亦霄不只幫植物澆水，還買了肥料施肥，看得出來很盡心在照顧。

一個年輕有才、有不錯的職階、有中高收入、外貌條件好的男人，明明是人生勝利組，爲什麼待人會這麼冷漠？他以前發生過什麼事嗎？

我對他眞的很好奇。

星期六上午，我搭車來到火車站前，想買個生日禮物給沈雨桐。行經站前百貨公司的門口時，一道身影攔住我的去路，定睛一看，是個穿著低胸緊身上衣、背著一個大背袋的濃妝姊姊。

「同學，妳好！可以打擾個五分鐘嗎？」大姊姊露出熱情的燦爛笑容，一邊自我介紹，一邊遞了一件東西過來，「我們是澄陽設計工作室。」

我打量著她，下意識接過她遞來的物品。

「這是我們團隊設計的商品，我們想要在百貨公司設櫃，但是設櫃前必須先打開一點知名度，所以才會在路邊宣傳。我們絕對沒有惡意的，只是希望同學可以支持我們的設計……」大姊姊劈里啪啦講了一長串的話。

聽到這裡，我心裡暗叫一聲不妙，低頭看了眼手裡的東西，是個裝在夾鍊袋裡的小皮包，這才明白自己碰上街頭強迫推銷集團了。

「對不起，我趕時間。」我想把小皮包塞還給她。

然而大姊姊不肯收回皮包，還以高分貝的音量繼續轟炸：「同學！這個小皮包很實用喔，它可以裝很多零錢，而且材質能夠防水，下雨天掉在地上都不會溼，一個只賣三百元喔！」

好貴！一個小皮包要三百元？

皮包的圖案很醜，材質也不太好，看起來只是塑膠製的卡通皮包。

「對不起，我不需要。」眼看大姊姊不肯收回皮包，我彎身想把皮包放在地上。

「同學，不可以喔。」一名身材壯碩的男子走過來，嚇得我趕緊把手收回，「我們公司還有跟慈善團體合作，會捐出一部分銷售所得做公益。」

「同學！只要三百元，三百元，就可以圓我們的設計夢想。」大姊姊跟著強調。

「對不起，我沒有錢。」我繞過她，打算跑走。

「同學，那妳把錢包拿出來，打開給我們看，證明妳眞的沒有錢。」男子擋下我，硬是不肯讓我走。

「同學，三百元隨便吃個東西就沒了，可是妳只要買下這個小皮包，三百元就會變得很有意義喔，拜託啦，我先跟妳說聲謝謝，謝謝妳……」大姊姊不斷對我鞠躬哈腰。

無論我怎麼拒絕，這兩人還是死纏爛打，我被他們纏到莫可奈何，最後只好從背包裡拿出皮夾：「那我買一個好了。」

打開皮夾，我發現裡面沒有百元鈔，只有一張一千元。說時遲那時快，男子迅速伸手從我的皮夾裡抽走一千元，我當下慌了，心裡又急又怕，一時不知所措。

「同學，妳再多帶兩個小皮包吧，我算妳八百元就好。」男子將一千元塞進自己的腰包裡，抽了兩張一百元出來。

「不要！你們的小皮包那麼醜，我不要多買，你快點找我七百元！」我提高聲音，生氣地朝他伸手。

「如果妳不想多買小皮包，我們還有其他商品喔，像這個小吊飾，一個一百元而已，買五送一喔。」大姊姊從背袋裡掏出一大把吊飾，想放進我的手裡。

「我不要！你們快點找我錢！」我縮回手，急得快哭了。

就在此時，旁邊伸過來一隻手，按住了男子的肩頭。

「把錢還給她。」似曾相識的冰涼語調，帶著不怒而威的氣勢。

我看向來人，接著睜大眼睛。竟然是溫亦霄！

「你誰啊？幹麼隨便摸人？」男子轉頭瞪著溫亦霄，表情凶狠，用力掙開他的手。

「路人甲閃遠一點，管什麼閒事啊？」大姊姊嫌惡地撇脣。

喉頭好像被什麼哽住，我趕緊走向溫亦霄，彷彿抓到一根救命稻草。

「不准過去！」眼看肥羊要飛了，大姊姊惱羞地拽住我的手臂。

我被她扯得踉蹌倒退，頓時嚇傻了，以爲會被他們威脅或毆打。想不到，溫亦霄朝我跨近一步，右手臂迅速環住我的肩頭，將我拉回去，我趁機甩開大姊姊的手，一頭撞進他的懷裡。

我緊緊抱住他的腰，渾身直冒冷汗，雙腿也微微顫抖。

隱約聞到他的領帶散發著一縷淡淡的甜香，不是香水味，而是有點熟悉的氣味，但我的腦袋十分混亂，一時想不起來這是什麼味道。

「還錢，否則報警。」

溫亦霄輕輕摟著我的肩，緩和了我的情緒，我這才意識到自己竟然能抱了人家，大概是平常抱哥哥們抱得習慣成自然了。

「好啦，錢還妳。」一聽到要報警，男子顯然有點退縮。

我的心狂跳起來，面紅耳赤地鬆開溫亦霄的腰，慌張轉身面對那名男子，掏出小皮包還給他。

男子粗魯地把小皮包搶回去，然後拔腿就要開溜。

不過溫亦霄似乎早已料到他的行動，立刻伸手抓住他的後領，將男子的右手臂拽到背後，並抬腿踹了一下膝窩。

男子瞬間單膝跪地，吃痛地叫喊：「你幹麼？很痛耶！快點放開我，不然我要告你傷害！」

這一鬧，四周已經圍滿了路人，大家紛紛對那兩人指指點點，交頭接耳議論著。

「他們根本是詐騙集團，假公益眞詐財。」

「最討厭這種強迫推銷，應該報警把他們抓起來……」

見情勢不對，大姊姊連忙掏了一千元丟還給我，溫亦霄隨即放開男子，兩人也不敢再要什麼花招，急急地離開了。

溫亦霄不發一語地注視我，沉靜的眼神裡讀不出任何情緒。

「溫先生，謝謝你的幫忙。」我朝他深深鞠躬，把錢收進皮夾裡，手指還有一點點顫抖，只能懊惱自己怎麼這麼笨。

「吃過午飯了嗎？」

「咦？還沒……」我抬頭看他，又低頭一看手錶，剛才被那兩人糾纏了半個多小時，現在已是中午十二點了。

「那一起吃吧。」語畢，溫亦霄轉身走進百貨公司大門。

我猶豫了一會才跟過去，望著他挺拔的背影，想起自己曾經討厭過他，我的內心不禁有點慚愧。

溫亦霄帶著我來到一個專櫃前，櫃位內設有許多玻璃櫥窗，陳列著各式各樣的珠寶和首飾，在燈光的照耀下反射出璀璨的光芒，看起來全都價值不菲。

「經理！」一名年輕男子從櫃位內跑出來，他戴著黑框眼鏡，身穿襯衫、打了領帶，還背了個大大的側背包，整個人的氣質有點宅。

「克里斯，新的收銀系統測試得怎樣？」溫亦霄淡淡問。

「我跟雅郁測試過一遍，發現好幾個問題。」克里斯憨憨地笑。

此時，一名身穿套裝、妝容精緻漂亮的專櫃小姐走過來，向溫亦霄優雅地笑了笑，用帶點甜膩的嗓音開口：「溫經理，我以爲你不來了。」

「本來沒打算要來，剛好早上去財務長家裡修電腦，順路經過才來了。」溫亦霄說。

專櫃小姐胸前別了個名牌，上面寫著「湯雅郁」。

「咦？這位小妹妹是誰？」湯雅郁注意到我。

「她是我的小房東。」溫亦霄轉頭瞥了我一眼，再對克里斯說：「克里斯，中午一起吃飯吧。」

「是，經理。」克里斯點點頭。

「溫經理，剛好我也要用餐，就和你們一起吧。」湯雅郁湊近。

溫亦霄沒有答應也沒有拒絕，只是逕自走向手扶梯，我緊跟在他身後，隱約覺得後方有一道視線刺來。

回過頭，湯雅郁走在我身後，朝我露出職業式的甜美笑容，克里斯與她並肩而行，神情有些靦腆。

大概是我的錯覺吧。

現在最重要的是，溫亦霄剛才幫了我，我是不是應該答謝他？請他吃飯的話，他會接受嗎？

一路上，我的心裡糾結著，我們來到百貨公司七樓的美食街，克里斯負責找了張四人位的空桌。

「你們要吃什麼？」溫亦霄問克里斯和湯雅郁。

「跟以前一樣，牛肉咖哩飯。」湯雅郁笑容滿面。

「豬排咖哩飯。」克里斯回答。

溫亦霄以眼神詢問我。

「咖哩蛋包飯。」看這情況，我要請他吃飯應該是不可能了。

溫亦霄從皮夾裡抽出一千元，克里斯恭敬地接過，將大背包擺在椅子上，前往咖哩專賣店點餐，而溫亦霄也隨後離開。我猜他大概是想去買別的餐點，因爲他沒有交代克里斯自己要吃什麼。

餐桌的兩側各有兩個座位，右側的其中一個座位擺著克里斯的背包，我想了想，坐到克里斯隔壁的位子上，因爲坐他旁邊比較沒有壓迫感。

湯雅郁接著坐在我的對面，她的隔壁自然便是溫亦霄的位子。

「妳是溫經理的小房東？」她從口袋裡拿出一包面紙，抽了一張，開始擦拭隔壁座位的桌面。

「眞正的房東其實是我大哥。」我看著她的動作，這是巴結主管的意思嗎？

「妹妹，可以幫個忙嗎？」擦完桌子，她微笑著拿出一枝鋼筆和一張便條紙，輕輕推到我面前，「給我溫經理的租屋處地址，謝謝。」

瞧著那枝白金鋼筆，我思考了一會，露出抱歉的笑容，「不好意思，這好像是房客的隱私，等溫先生回來，我再問問他要不要給妳地址。」

湯雅郁的笑臉明顯僵住，收回紙筆，「算了，妳不用問了。」

拒絕了人家，我覺得格外尷尬，幸好溫亦霄及時端著餐盤回來。

「溫……」湯雅郁指著自己身邊的座位，想要招呼他坐下。

「這邊冷氣比較弱，我坐這裡。」溫亦霄把餐盤擱在克里斯的桌上，拿起克里斯的背包放到對面的位子，隨後在我旁邊落坐。

我瞠大眼睛，望了望天花板上的冷氣口，出風的方向只稍稍偏往對面一點而已。

這什麼情況？

任憑我再怎麼遲鈍，也可以感受到湯雅郁的笑容裡暗藏怒意。

「我去幫忙取餐。」我陪笑，起身走向咖哩專賣店。

餐點到齊後，我拿起湯匙將咖哩醬淋在蛋包飯上，忍不住覷了眼溫亦霄的餐盤。他吃的是素食自助餐，盤子裡全是青菜，口味相當清淡，而且他吃飯的模樣好有氣質，一舉一動都相當優雅，簡直跟我是不同世界的人。

「溫經理怎麼吃素？」湯雅郁也盯著溫亦霄的餐盤。

「夏天想吃得清淡點。」溫亦霄淡淡回答。

「昨天你來信說要測試新系統，我回信說你來的話，我會請你吃頓好料的，沒想到你竟然派克里斯過來。」

「如果不放手讓下屬去做，下屬不會進步的。」

「可是我比較希望你親自來。」

「克里斯就夠用了。」

原來，克里斯是顆大燈泡啊。

溫亦霄可能還怕這顆燈泡不夠亮，又剛好遇見我，便把我也帶上。

因爲溫亦霄刻意錯開位子，讓湯雅郁不能好好跟他聊天，於是氣氛很快冷了下來。我感到十分不自在，克里斯顯然也是。

「溫經理眞冷淡……」湯雅郁的聲音帶點哀怨，「克里斯，你們經理很難溝通吧？」

「不會呀，經理寫的程式一目了然，超好溝通的！」克里斯露出崇拜的眼神。

我嗆了一下，連忙伸手掩住嘴，差點笑出聲。這可是資訊人員之間的心靈相通啊！

「克里斯還是新人吧？」湯雅郁轉移話題，像在掩飾自己的尷尬。

「我進公司剛滿三個月。」克里斯邊吃邊說，「雅郁進公司多久了？」

「我進公司也才八個月，不過之前是在蒂凡妮珠寶當專櫃主任，我的櫃連續兩年都是業績第一名喔。」湯雅郁喝了一小口湯，「所以我來應徵時，公司一看到我的履歷就馬上錄取，還給我訂了五百萬的銷售目標。」

「五百萬！會不會太高啊？」

「還好啦，前天我去陽明山拜訪老客戶，對方是上市公司的董娘，當下就成交了一套一百多萬的珠寶。」

我埋頭吃飯，聽著湯雅郁敘述那位董娘的家有多麼豪華，又下意識側頭偷瞄溫亦霄。他淡定地用餐，眼神略帶朦朧，看不出來有沒有在聽。

吃完午餐，我們一起下樓，回到一樓的專櫃處，溫亦霄要克里斯搭他的車回公司。

「溫經理要不要進來看看新系統？」湯雅郁微笑。

「我回公司再聽取克里斯的測試報告。」溫亦霄拒絕。

湯雅郁欲言又止，最後說得回去跟其他櫃姐交班，便轉身走進櫃位內，背影看起來有些落寞。

我不禁好奇，這兩人之間八卦味挺重的，不知道以前是什麼關係。

我和克里斯跟著溫亦霄走向大門，這時背包裡的手機響起。

我停下腳步，掏出手機接聽，「喂？」

「萱萱！」沈雨桐的聲音帶著哭腔，在我耳邊炸了開來，「我的繪圖板突然不能用了，感應不到我的筆，我該怎麼辦？」

「妳不要急，先把電腦重開機，繪圖板的接頭拔起來重新插一次看看，不行再重灌驅動程式。」

「好……我試試看。」

掛了電話，我發現溫亦霄和克里斯都停下腳步在等我。

「妳也懂電腦？」克里斯驚奇地問。

「略懂，我是資訊科的。」我嘿嘿一笑。

「很少有女生對電腦感興趣。」

「其實我是因爲喜歡打電動，才會對電腦產生興趣。」

「妳喜歡玩網遊？」

「我玩X遊戲機，不喜歡網遊。」說到遊戲，我的精神都來了。

「家機耶！妳玩哪些類型的遊戲？」克里斯的神情更加訝異。

「我玩格鬥、動作、空戰、賽車、暗殺，你也有玩嗎？」

「我在朋友家打過格鬥遊戲，不過線上對戰時被日本玩家電爆了。」克里斯不好意思地笑。

「線上對戰能遇到很多神人喔！」我的語氣亢奮，越講越大聲，「我以前遇過一位比神人更強的魔人，他是臺灣區格鬥榜第一名，世界榜最高第九名，超級厲害的！」

這時溫亦霄回頭看過來，我和克里斯的笑臉雙雙僵住。我的聲音好像太大了，而且他們應該要趕回公司，不是來聊天玩樂的。

「溫先生，對不起，我太吵了。」我低頭道歉。

「啊，不不，經理，我、我也很吵。」克里斯指指自己，緊張得結巴。

「謝謝你幫了我，還請我吃飯，我就不妨礙你們工作了。」語畢，我跑向百貨公司的大門，來到門前時，轉頭看了一眼。

溫亦霄遠遠凝視著我，眉頭微蹙，似乎在深思什麼，眼神也有一點奇怪，不如往常那般平靜無波。

他生氣了嗎？

我滿心忐忑地走出去，來到稍早被強迫推銷的地點，想起被溫亦霄保護在懷裡的感覺，雙手忍不住摀著臉頰，感覺臉上又開始發燙了。

第五章　意外試煉

星期一中午，我跟沈雨桐到校外吃飯，吃完飯買了飲料，我們慢慢走回學校。

「強迫推銷？」沈雨桐的音調拔高。

「嗯，就在百貨公司附近。」我邊走邊說明碰上強迫推銷的事，「幸好遇到新房客，他替我把錢要回來，還幫我把推銷員趕跑，我才能脫身去買畫冊送給妳。」

「那些人超討厭！」沈雨桐聽了憤慨不已，「我也遇過一次，我說身上只有五十幾塊，他們要我證明自己眞的沒有錢，我就打開皮夾給他們看，結果他們竟然拿走我的零錢，說當成贊助，氣得我推開他們直接走掉，零錢也不要了。」

「好過分！連零錢都不放過。」

「對呀，幸好新房客救了妳。之前聽妳說他很討厭，這樣有對他改觀了嗎？」

「有，完全改觀，我不會再討厭他了。」

來到校門口時，背後突然傳來一道聲音：「同學同學！可以幫個忙嗎？」

我和沈雨桐回過頭，一名中年男子跑來，手裡捧著一個小紙箱。

「同學，我是水族寵物館的老闆，這是你們醫科班訂的東西，因爲我趕著帶小孩去看病，能不能麻煩妳們，幫我把這個箱子送到北大樓二樓的生物實驗室？」男子的神情透著一絲焦急。

我望向他停在路邊的轎車，後座坐著一名約莫幼稚園年紀的小男孩，模樣病懨懨的。

「好，我幫老闆送去。」我接過紙箱，在送貨單上簽名。

「謝謝妳。」男子感激地道謝。

「走吧，去北大樓。」簽收完畢，我對沈雨桐說。

「是妳收的，妳要負責送去。」沈雨桐笑得曖昧。

「我不知道生物實驗室在哪。」

「可以去二班問硯寒學長。」

「沈雨桐！」我佯怒地瞪她。

「我先回圖書館，妳快去慢回啊。」沈雨桐揮揮手，逕自跑走了。

眞是的，有個喜歡牽紅線的朋友眞麻煩。

我雙手抱著小紙箱，踏上校門左側通往北大樓的小路。

爲了設立高中部，校方另建了大樓，這棟大樓位在校園的最北側，跟高職部的大樓沒有互通。

穿過長長的小路，我第一次來到北大樓。

校舍共有五層，外觀相當嶄新，我走上樓梯抵達二樓，放眼望去整排都是專科教室，應該就是這裡了。現在是休息時間，因此周圍特別安靜。

沿著走廊直走，生物實驗室位於走廊底端，我探頭朝教室裡面望。

教室裡的講臺上站著一個身穿白色實驗袍的男生，他背對我，右手拿著粉筆在黑板上畫圖，畫的似乎是心臟的血液循環圖。

突然間，手裡的小紙箱輕輕震了下，好像有什麼東西在跳動。

這是水族寵物館送來的，難不成……裡面是小白鼠？

紙箱又震了一下，我按捺不住好奇，稍稍掀開蓋子的一角，一團東西驀地彈了起來，嚇得我驚叫一聲，慌張地把紙箱丟開，背部貼到身後的牆上。

「怎麼了？」

方硯寒從實驗室的門口探出上半身，眼神微詫。

「水族館老闆要我拿來……」我驚恐地盯著翻倒在地的紙箱，裡面跳出五隻大青蛙。

我非常討厭青蛙。

記得小學二年級那年，爸媽帶著我們三兄妹出門喝喜酒，席間我去上廁所，回來後二哥已經幫我盛好一碗湯，說是雞湯。我拿起湯匙在碗裡舀了一下，竟然撈出一隻腳趾張開的田雞腿，那畫面相當驚悚，嚇得我當場哭出來，從此內心留下陰影。

「怎、怎麼辦？」我轉頭跟方硯寒求救。

「怎麼辦？」方硯寒掃了眼滿地亂跳的青蛙，雙手抱胸斜倚在門邊，一副好整以暇準備看熱鬧的模樣，「下午就要上課了，當然是趕快抓回來呀。」

我硬著頭皮蹲下身，伸手抓向其中一隻青蛙，指尖碰觸到牠滑溜又溼黏的皮膚時，打從心底湧出的噁心感讓我迅速縮回手，改成拿紙箱擋在青蛙前面，想要讓牠自行跳進去。

但是青蛙看到前方有障礙物，便馬上轉向跳開。

我焦急地看著方硯寒，那傢伙見我追著青蛙亂竄亂跳，居然忍笑忍得肩頭不住顫動。

「方硯寒！牠們要逃走了，你快來幫我！」我用紙箱罩住一隻青蛙，發現有兩隻青蛙正往樓梯口賣力跳去。

「幫妳可以，不過我現在遇到一個難題，妳得先幫我，我再幫妳。」

「什麼難題？」

「暑輔結束後，資優班會舉辦烤肉活動，要求每個男生都要邀一名女生參加，我希望妳陪我去。」

「你隨便邀都可以邀到一大票！」沈雨桐說過，這傢伙在學校裡人氣很高。

「那些都是雜魚，邀了只怕會惹來一身腥。」方硯寒在我面前蹲下，一手托著臉頰，彷彿在欣賞我慌張的模樣。

「眞差勁！竟然說女生是雜魚。」

「妳看，青蛙要跳樓了。」

「咦？」我轉頭一瞧，那兩隻青蛙眞的快跳下樓梯了，「好啦！我陪你去烤肉，你快點把牠們抓回來。」

「就這麼說定了，因爲妳是陪我去的，所以妳的費用我會幫忙出。」他偏頭笑了笑，從我手裡接過紙箱。

方硯寒很快將青蛙一隻隻抓回箱裡，然後轉身大步走回來，半敞的白袍隨風翻飛，看起來很帥氣。

「妳在遊戲裡比男生還剽悍，沒想到現實中很小女生嘛。」他邊說邊踏進教室，將紙箱擱在實驗桌上。

「拜託，我從頭到腳哪裡不像女生？」我跟著進去。

「確實，身高也很小女生，跟我差了快三十公分吧。」

「你高又怎樣？」我插腰瞪他，再戳戳他的胸膛，「身材瘦巴巴的，在我眼裡也不合格。」

「至少吸的空氣比妳新鮮。」他低笑，走到實驗桌的洗手臺前，旋開水龍頭洗手。

「你們買青蛙要做什麼？」我狠狠刨他一眼。

「下午解剖課要用的。」

我倒抽一口氣，一時說不出話。

洗完手，方硯寒朝呆愣的我彈了彈水珠，自嘲地說：「遊戲中的暗殺很簡單，但是在現實生活，每當我拿起解剖刀，準備終結掉一條小生命時，心裡總是會怕得發抖。」

教室裡陷入寂靜，紙箱裡又傳來青蛙的掙扎聲，重重地壓在心頭上，令人感到窒息。

我連摸都不敢摸，更何況是奪走牠們的性命，再將牠們開腸剖肚。

方硯寒進行解剖的時候，究竟都抱著怎樣的心情？

我抹去臉頰上的水滴，注視著方硯寒表情空白的側臉，微微一笑：「你又不真的是刺客或者心理變態的殺手，害怕才是正常人該有的反應吧，這也代表你有一顆懂得憐憫的心。」

方硯寒轉頭看我，眼底閃過一絲複雜的情緒。

「對我來說，醫生這個職業很偉大，養成的過程更不簡單，成爲醫生不是什麼人都可以做到的，而是要像你這種聰明又機靈的人才能辦到，所以不是你就不行。」

「不是我就不行？」

「不然你覺得我可以嗎？」

「妳得先換個腦袋或重新投胎。」他推推我的頭。

我往他的腳用力踩去。

方硯寒幾乎是反射性地閃過我的攻擊，坦然地笑了笑：「人生跟玩遊戲一樣，也有很多關卡需要克服。玩遊戲時最期待、最享受的，就是推倒最終大魔王的那一刻，無論前面打怪練功有多辛苦都值得。」

「對呀對呀！」說到遊戲，我的血液又沸騰了，「大魔王的戰鬥力越變態越好，難度太低樂趣也會減少。」

「對呀對呀！」他故意模仿我的語氣，「晚上遊戲裡見。」

「不見不散。」我偷打他的肚子一拳，迅速跑出教室。

回到家，我掏出鑰匙打開公寓大門。

「沄萱呀。」住在公寓一樓的鄰居阿姨正巧開門，「妳爸媽寄了一箱水果，白天你們家裡沒人，我就幫你們代收了。」

「謝謝阿姨。」我走到阿姨家門口，看見一個紙箱擺在門邊。

「有點重，妳搬得動嗎？」阿姨問。

「沒問題，我力氣很大。」我抓著紙箱兩側的手提洞，使勁抬起。

其實箱子眞的挺重的，但還在我能承受的範圍內，加上阿姨已經把紙箱推出門，我也不好意思又請她拿進去，等哥哥回來再搬。

我抬著紙箱一階一階跨上樓梯，爬到三樓的時候，全身的力氣已經耗盡了，我只好將紙箱暫放地上，跨坐在上面休息。

「好熱……」我伸手朝臉龐搧風，額頭都冒出汗來。

輕緩的腳步聲響起，我看向樓梯下方，溫亦霄正提著公事包走上樓。他抬頭見到我，腳步略微停頓一下，視線往我身下掃了掃，輕皺起眉頭。

我停住動作，低頭瞧瞧自己的模樣，穿著制服裙跨坐在箱子上，坐姿非常豪放。

「溫先生，你下班了？」我尷尬地跳起來，伸手撫平裙襬。

溫亦霄沉默不答，緩步踏著樓梯來到我面前，忽然遞出公事包，「拿著。」

我詫異地眨眨眼睛，下意識抱住公事包，見他輕鬆搬起紙箱，轉身往四樓走，我的心裡有種說不清的感覺。

我們一起爬到五樓，他把紙箱放在我家大門前。

「謝謝你。」我感激地笑，將公事包還給他。

溫亦霄接過公事包，淡淡地瞥了我一眼，這才往頂樓而去。

我將紙箱拖進客廳裡，打開一看，裡面有芒果、芭樂、奇異果和火龍果。

因爲年齡有些差距的關係，我的兩個哥哥從小就被爸媽教育要懂得照顧妹妹，廚藝都還不錯，但是面對需要削皮的水果，他們便懶得動上一根手指，因此每次收到爺爺種的水果，舉凡削皮、切塊、榨汁，全都是我負責的工作。

「來做水果布丁吧！」

我換下制服走進廚房，打開冰箱拿出雞蛋和鮮奶，然後將鮮奶和少許砂糖倒入鍋子裡，放在瓦斯爐上用小火加熱，並以湯匙輕輕攪拌，讓砂糖融化。

不久，二哥下班回家，一進廚房看見流理臺上的材料，他笑問：「蘇沄萱，妳要做布丁啊？」

「爸媽寄了水果來，我想配著布丁吃。」

「哎呀。」二哥伸手蓋住我的頭頂，將我的頭髮揉得跟鳥窩一樣，「妳這料理白痴怎麼變得這麼賢慧？」

「蘇嘉鴻，把你的豬蹄拿開，否則我揍你喔。」

「我好怕，走就是了嘛。」二哥摀住胸口，裝出害怕的模樣，「不過妳要做兩個布丁給我吃。」

「知道啦，快滾！」我丟了一記白眼給他。

二哥離開後，我在溫牛奶裡加入打好的蛋液，同樣攪拌均勻，接著過濾掉裡頭的氣泡，再將布丁液注入四個花形的瓷碗裡，放進電鍋裡蒸。

在蒸布丁的空檔，我把砂糖倒進鍋子裡加熱煮成焦糖，隨後挑了幾個水果，削皮切成丁狀。

這時，大哥從廚房門邊探出頭：「爸媽寄的水果？」

「對呀。」我回以一笑。

「那麼大箱，妳怎麼搬回來的？」

「剛好遇到溫先生下班，是他幫我搬上來的。」

「這樣啊。我今天領薪水，買了牛排，妳趕快弄完出來吃飯。」大哥柔聲叮嚀。

過了一會，我把蒸好的布丁從電鍋裡取出，擺在流理臺上等待冷卻。空氣裡充斥著甜甜的香氣，散發幸福的氛圍。

洗完手來到客廳，我在大哥身邊坐下，拿起碗筷吃飯。大哥和二哥看著電視新聞，邊吃邊評論新聞內容。

吃到一半時，我聽見女主播報導：「接著爲您播報一則社會新聞。今天ＸＸ分局破獲一宗吸毒案，起因是由於一封烏龍郵件……」

我抬起頭，有點好奇是怎樣的烏龍郵件。

「凌晨四點多，ＸＸ分局的局長收到一封電子郵件，寄件者是二十六歲的陳姓男子，郵件內容寫著：『來呀！來抓我呀！抓不到！抓不到！抓不到！』除了挑釁局長外，郵件裡還附了一份電子帳冊……」

郵件內容被展示出來，看到「抓不到」三個字，二哥噗哧笑了出來。

「帳冊是澄陽設計工作室的內帳，警方開啟查看，發現裡頭竟有毒品交易的資料，於是今早循著帳冊裡的地址，找到位於ＸＸ路上的一處民宅……」

新聞鏡頭轉到民宅現場，只見一群警察荷槍實彈破門而入，屋內有幾名衣衫不整的男女，有的驚慌地拿起衣服遮住身體，有的還在恍神中，根本不知道發生了什麼事。

鏡頭切換成訪問局長的畫面，他用嚴肅的口氣說：「裡頭共有五男三女，根據居住在附近的民眾表示，這些人昨晚喝酒開趴鬧到四點多，相當擾鄰，我們的員警剛踹開大門的時候，空氣裡都是毒品的氣味……」

女主播接著播報：「根據警方調查，八名男女裡面，其中四名是澄陽設計工作室的員工，這家工作室專門在火車站或百貨公司附近，藉著假愛心眞推銷的手法，將筆、小包包或吊飾等市價不到五十元的物品以好幾百元的價格販售。警方後來清查帳冊，其中沒有任何一筆支出用於公益上……」

「啊……」我瞪大眼睛盯著電視畫面，警察從屋子裡押出一列男女，其中兩名正是向我推銷的男子和大姊姊。

記者紛紛圍了上去，將麥克風遞向那名男子，連珠炮般追問：「陳先生，發現自己喝酒吸毒後，居然把公司的帳冊寄給了警方，心裡有什麼感想？」

「你對警察嗆聲說抓不到，現在被抓到了，是不是很後悔？」

「我想不起來……我什麼都沒做……我不知道啦……」男子一臉茫然被帶上警車。

「眞是白痴，竟然把公司帳冊寄給警察。」二哥哈哈大笑。

「應該是吸毒吸到腦袋出問題了。」大哥也不禁莞爾。

「可是寄信的步驟……」我偏頭思考，回憶撰寫郵件的流程，「要連上網路、找到警察局的網頁、點進局長的信箱、打字輸入內容、再上傳附件、按下確認送出，一個喝醉酒又吸毒的人，可以那麼順利地做完這一連串的步驟嗎？」

「的確，喝醉酒連打個電話都有困難了，更何況是寄信。」大哥點頭贊同。

「難不成……有人潛進屋子裡，開電腦寄了那封信？」二哥異想天開。

「笨二哥，說遇到電腦駭客還差不多。」我想起師父曾經連進我的電腦，幫我清除病毒，那麼偷偷登入電子郵件信箱寄個信，對駭客來說應該也不是很困難的事吧。

「該不會是哪個駭客被強迫推銷過，心裡一個不爽就把他們給駭了。」二哥的語氣略帶興奮。

「那這個駭客也太會記恨了吧。」大哥失笑。

「未必是記恨，說不定是個有正義感的白帽駭客。」我的想像力也全開了。

駭客是有分類型的，黑帽駭客是非法入侵電腦竊取資料、爲了金錢利益進行惡意攻擊的網路犯罪者；而白帽駭客則通常受聘於某家公司，專門測試系統是否安全、修補系統的漏洞，是道德駭客。

記得當年師父說過，他是白帽，不會屠城的。

「但是吸毒喝酒玩過頭，自信心太膨脹而寄出那封信，這種情況還是有可能發生吧？」二哥提出質疑。

「的確，只要機率不等於零，什麼事都有可能發生。」大哥附和。

晚餐的時光在駭客的話題中結束，氣氛相當愉快。

收拾完畢回到廚房時，布丁已經放涼了。我把布丁倒扣在盤子裡，將剛才切丁的芒果、火龍果、奇異果鋪在周圍，再淋上一點焦糖，漂亮的水果布丁就完成了。

「飯後甜點。」我端出四盤水果布丁。

「哇，看起來好好吃。」二哥掏出手機，拍了張照片上傳臉書，一邊打字一邊竊笑，「大家羨慕吧！這是妹妹特別爲我做的水果布丁。」

「才不是特別爲你做的。」我立刻糾正。

「我是在幫妳抬高身價耶。」二哥搶走兩盤布丁，拿起湯匙狼吞虎嚥。

「免了。」我不屑地冷哼，「我每天被三十八個男生圍繞，身價已經夠高了。」

「沄萱，以後妳有了對象，一定要帶回來給我看看。」大哥也面帶微笑拿過一盤布丁。

「對，要通過我們兩個的鑑定，妳才可以跟對方交往，像存款、工作……」二哥列了一大堆條件出來。

我沒好氣地斜了他們一眼。如果要經過這兩個精算家的鑑定，那我大概一輩子都得單身了。

我吃了一口布丁，腦海裡突然閃過溫亦霄的臉，於是放下盤子，把二哥留著的另一盤布丁拿走，「哥，這盤先給我，我明天再補做給你。」

「妳要幹麼？」二哥面露疑惑。

「我想請溫先生吃，他幫我搬水果上來，我應該跟他道謝。」

「那種小事不用謝吧。」

「以前媽也會送水果給房客吃，大家必須相處一段時間，禮尚往來也好。」大哥同意我的想法。

「哼！」二哥彆扭地撇頭。

「那我拿上去了。」我端起布丁。

推開頂樓門，套房的燈光透過窗戶映在陽臺地面上，我走到套房門前，頭頂的感應燈亮了起來，將門前照得明亮。

按下電鈴，屋內響起椅子的推動聲，隔了幾秒，門鎖喀嚓一響，房門被輕輕拉開，現出溫亦霄頎長的身影。他身穿白色衣衫，臉上戴著眼鏡，微溼的頭髮帶點凌亂，顯然剛剛洗完澡。

「溫先生，謝謝你幫我搬水果。」我揚起微笑，拿高盤子遞給他，「水果是我爺爺種的，這是我自己做的布丁，搭配在一起很好吃喔，請你嚐嚐看。」

溫亦霄沒有回話，也沒有接受，只是靜靜凝視我的臉，眼神有些微妙。

時間過了好幾秒，眼看他始終沒有動作，我心裡開始緊張了。

好丟臉，還是趕快找個臺階下吧。

「沒關係，如果你不喜歡甜食，那我就拿下去了。」我沒事般笑了笑，收回盤子，轉身想要離開。

突然，一隻手從我的右側伸過來，擋在盤子的前端，溫亦霄溫和的嗓音靠得很近：「謝謝，明天早上我再把盤子還妳。」

我低頭看著他的手臂，感覺他的臉龐近在耳後，這種姿勢彷彿被他圈在懷裡，讓我的心狂跳起來，略帶僵硬地轉身。只見他左手抵著門框，側彎著身子注視我，眼底好像有什麼情緒在閃動，可是我讀不懂。

「我有自信做得很好吃。」我再次把盤子遞給他。

溫亦霄直起身，伸手接過，眉頭卻輕輕蹙起，好像有點無奈。

「對了，剛才我看到新聞報導，那天對我強迫推銷的人被警察抓了，因爲……」我正要把新聞內容說一遍。

「我沒興趣，妳不用告訴我。」他打斷我的話。

「……好。那我下樓了，晚安。」我尷尬地搔搔臉頰。

溫亦霄略微頷首，關上大門。

雖然淡漠依舊，不過他願意收下布丁，仍是讓我興奮地跳了一下，覺得好開心。

翌日早上，我準備出門去學校打工，大門一開，便看到溫亦霄站在門口。

「溫先生，早安！」我燦笑著，精神十足地對他揮手，「你今天比較早下樓喔。」

「盤子還妳，謝謝。」他將洗乾淨的盤子和湯匙交給我。

「不客氣。水果布丁好吃嗎？」我迫不及待地問。

「嗯。」

「那下次我做布丁的時候，再幫你做一個。」

「不用麻煩。」他凝視了我一會兒，又皺起眉頭，轉身走下樓梯。

那是困擾的表情吧？他好像很討厭我這樣跟他裝熟，巴不得盡快遠離我的樣子。我難堪地咬住下脣，收起臉上的笑容。

說實在話，我也不喜歡陌生人跟我裝熟，甚至硬要逼我吃東西。

既然他不喜歡，那我以後還是正經一點，跟他保持距離好了。

接下來幾天，我上下學遇見溫亦霄時，都只是跟他點頭打招呼，不再露出微笑，也不再說多餘的話。

可是溫亦霄看我的眼神變得越來越困擾，眉頭也越皺越緊。

從小到大，我第一次被人這樣討厭，對方還表現得那麼明顯，令我十分受傷。

我猜想，也許溫亦霄很快就會去找大哥，說想退租，要我把房租還給他。這種煩悶感一直持續到星期天。

早上八點多，我還在睡覺，突然被一通電話吵醒。

「喂……」我閉著眼睛，把手機貼在耳邊。

「萱萱！」沈雨桐的聲音帶著似曾相識的哭音，「我的本子畫不完，還差幾張圖，可是星期一就要交件了，妳可以幫我修圖嗎？」

「眞是的，妳又搞到火燒屁股。」我揉揉眼睛坐起身，「先把圖寄過來吧。」

「嗚……萱萱，我愛妳，妳是我的女神！」

「少拍馬屁。」

掛了電話，我下床走出房間，剛好撞見二哥打扮帥氣，正要外出。

「哥，你穿得那麼騷包，要去約會呀？」

「妳哥我現在還是炙手可熱的黃金單身漢，今天只是跟朋友騎車去兜風。」二哥朝半空拋了下車鑰匙，他最近跟朋友組了一支「機車兜風隊」，放假時常往山上或海邊跑，玩得很瘋，「不過說到約會，大哥好像有女朋友了。」

「大哥有女朋友了？」我驚訝地說。

「嗯，早上他接了一通電話，就急急忙忙出去了。」

「是喔。」

「等他晚上回來再拷問他。」二哥走到門邊，「妳可以自己解決三餐吧？」

「我又不是三歲小孩，你要滾快滾！」我抬腿作勢踹他。

梳洗完畢，我準備出門買早餐。一打開大門，只見溫亦霄提著早餐跨上五樓，我們四目相對，我下意識地縮頭回來，迅速掩上門。

背靠著門，我的心頭有點悶悶的，雖然明白這種舉動很失禮，但是我眞的不想再感受到他對我的厭惡。

過了一會，我悄悄再度開門，確定外面沒有人後才下樓。

吃完早餐，我開了電腦上網收信，下載並開啟沈雨桐寄來的漫畫圖檔，對話框裡草草打了人物的臺詞，還沒有進行文字排版。

「好，開工吧。」我兩手手指交叉，掌心朝上伸展雙臂。

操作著繪圖軟體，我依照漫畫人物說話時的情緒和劇情氛圍，調整對話框裡的文字字型、大小、粗細和排版，讓讀者閱讀起來順暢且易懂。

當我修完第十張圖時，頂上的日光燈突然閃爍了下便熄滅，還沒反應過來，電腦螢幕啪地跟著關閉，機殼中的散熱風扇慢慢停止運轉，變得靜悄悄。

「停電？慘了！我剛才正在存檔……」我傻眼地看著螢幕，硬碟在運作中遭到斷電，系統可能會發生故障。

這時候供電又突然恢復，電燈重新亮了起來，我連忙按下電腦主機的電源鍵，發現一點反應都沒有，心瞬間涼了一半，因爲這情況比系統故障更糟糕。

電源供應器燒掉？主機板掛掉？硬碟壞了？

雖然就讀資訊科，但是一年級只教了基礎電學，加上這台電腦以前不曾故障過，因此我沒機會接觸到電腦硬體組裝，軟體倒是學了一大堆。

我無法判斷故障的原因，只好抱著主機下樓。媽媽在騎樓裡停放了一輛買菜用的腳踏車，我把電腦綁在後座，跨上腳踏車，火速趕往最近的一家電腦維修店。

約莫騎了十多分鐘的路程，我來到店裡，走近櫃檯，向老闆說明故障的經過。

「我有急用，不知道什麼時候可以修好？」我詢問。

「這要先檢查才能知道原因，等修好再通知妳。」老闆表示。

拿著維修單離開店家，我忍不住掏出手機撥了電話給沈雨桐，劈頭就責怪：「雨桐，妳完蛋了！我修妳的圖修到電腦壞掉。」

「啊！真的嗎？那怎麼辦？妳會修理嗎？」沈雨桐語帶驚慌。

「不會。我送修了，希望不是硬碟掛掉，掛了就完了，裡面有很多照片和資料。」

「對不起……」

「唉，其實也不是妳的錯啦。妳畫到哪裡了？」

「正在畫封面。」

「那妳趕快畫，加油吧！」結束通話，我騎著腳踏車回家。

回到房間，我開啟遊戲機上線，看見方硯寒正在跟別的玩家格鬥。

我邀他私聊，剛切換到觀戰模式，眼前現出招牌林立的街道場景，方硯寒就地一個打滾將對手踢飛到馬路中央，同時一輛汽車急駛而過，轟然一聲巨響，對手被撞飛出去，血量歸零，戰鬥結束。

「呵，跟車子高速親吻的感覺不錯吧？」方硯寒冷笑。

「你這個抖S，剛才折磨了對手幾次？」我搖頭。

「少少的三次而已。」

「三次還叫而已……」

每個格鬥場景都暗藏陷阱，只要滿足條件就會觸發意外狀況，造成額外的傷害。

例如在海邊場景，撞到椰子樹時，椰子會掉下來砸到頭，使人暈眩幾秒；在草原場景，戰鬥時太靠近動物群，會引發犀牛暴衝，將人給撞飛出去。其他場景還可能有電擊、爆炸、摔落等突發事件，系統會以動畫展示那些狀況，十分令人熱血沸騰。

方硯寒這個暗殺控很善於利用場景的陷阱，使出奇招讓對手措手不及，以滿足他心裡的小惡魔，就像師父說的，是個武林奇才。

「弒夜，來對戰吧。」意外地，方硯寒對我發出挑戰。

「你不玩雙人對戰嗎？」這傢伙因爲不想被我打，這幾天都拉著我進行雙人對戰。

「我正在研究連段技，剛才自創了幾個招式，想跟妳對打看看。」

所謂的連段，指的是在對手反擊或防禦你之前，盡可能地連續攻擊對方，打出高傷害，簡單地說就是COMBO的意思。

例如你朝對手揮出兩拳，再重踢他一腳，然後對手被你踢飛出去，或是擋下你的攻擊，這樣招式就中斷了，等於只連出了三招，傷害值有限。

因此，有經驗的玩家除了練習必殺技之外，也會自己組合連段技，將幾個小招式組成一個大招，並練到爐火純青，減少在對戰中的失誤。

像師父當年打敗我用的一個大招，就是組了二十幾個小招式，幾乎是貼著我狂打，使我無法抵禦，傷害的輸出非常高。

而方硯寒的出招一向隨心所欲，又受到暗殺遊戲的影響，招式簡潔俐落，連段的技巧不足，加上他又不太在乎輸贏，只在乎如何凌虐對手，所以目前才會無法應付高段的玩家，比如我。

「你怎麼突然頓悟了？」我揶揄。

「因爲妳在格鬥遊戲裡算是魔王級的，而魔王是拿來推倒的。」

這句話聽起來有點曖昧，我選擇不回應，他也沒有再多說。

跟他對打了約莫一個小時後，我的手機響起，是維修店的老闆打來的，說電腦已經修好了。

故障的原因是主機的電源供應器損壞，老闆換了一顆新的，維修費一千八百元。

聽到這個價格，我的心都在淌血了。

現在是中午十二點半，距離我送修的時間才經過一個多小時，既然老闆處理得那麼迅速，我也不好意思再講什麼。

我再次來到店裡，老闆收下錢，樂呵呵地說：「妳看，我很快就幫妳修好了。」

「謝謝。」道了謝，我把主機載回家。

折騰了老半天，電腦終於可以開機了，早上修的圖也沒問題，都順利存了檔。但基於求知的精神，我打開主機的機殼查看新電源，發現表面的規格說明印刷得有點粗糙。

我心裡覺得奇怪，上網查了下這顆電源的定價，沒想到竟是陸製的雜牌，網路上一個只賣三百元，不少電腦使用者都批評它的品質不好。

這種東西根本不值得一千八百元的維修費！

我頓時氣炸了，深深覺得被欺騙，於是氣沖沖地跑下樓，騎著腳踏車返回維修店。

「老闆，你換的電源一個定價才三百元，你的進價一定更低，可是你卻收了我一千八百元的維修費，這好像不太合理吧？」我站在櫃檯前，壓抑著怒氣跟老闆理論。

「我不是幫妳修好電腦了？」老闆不悅地拉下臉，一改先前的和善態度。

「這麼高的維修費，至少要幫我換個五百元以上的電源吧？」

「不然妳厲害，妳自己換啊！」老闆不屑地瞪我一眼。

「我、我眞的……覺得不合理……」我緊握雙拳，氣得渾身發抖。

「老闆，這個主機板怎麼賣？」

一道熟悉的冰涼嗓音插話進來，老闆馬上堆起笑臉，走出櫃檯迎向那位客人。

我僵著身子，側頭瞥了溫亦霄一眼，覺得自己丟臉至極，被他目擊這麼難堪的一幕。

低著頭跑出店家，我匆忙跨上腳踏車，頂著熱辣辣的大太陽朝回家的方向騎去，一股怒氣在胸間橫衝直撞，無處抒發。

我用力踩著腳踏板洩恨，騎得又急又快，突然車輪不知輾到什麼，整台腳踏車顛簸了一下，我下意識緊急煞車，結果腳踏車瞬間側滑，令我連人帶車翻倒在路邊。

「好痛……」我把腳踏車推開，緩慢起身坐在地上，全身摔得痛麻。

膝蓋和手肘都擦破皮了，一點一點滲出血珠。

我咬住下唇把眼淚吞下，忍痛將腳踏車立起來，一跛一跛地走回家。

回到家，我用衛生紙擦去手腳上的血，腦海又閃過那個老闆輕蔑的嘴臉。

「不然妳厲害，妳自己換啊！」

怒氣再度上湧，下一秒，我做出一件更傻的事。

我冷著臉進了房間，在學校發配的工具包裡找出螺絲起子，打開電腦主機的機殼，把裡面所有的零件全部拆解。

不到半個小時，主機板、CPU、散熱器、兩條記憶體、顯示卡、硬碟、光碟機、電源供應器，統統被我拆下來，一件件放在地上。

我坐在地上翻閱主機板的說明書，一邊摸索著將零件組回去，當組到電源供應器時，我才發現換電源的方法非常簡單，幾乎不用三分鐘就能解決。

組裝完畢，我接上螢幕，按下電源鍵，主機發出嗶的一聲，螢幕卻一片漆黑，反覆檢查後還是找不到原因。

我慌了，滿心焦急，後悔自己爲什麼這麼衝動。

此時，門鈴響了起來。

是大哥回來了嗎？二哥說他早上急急出門，會不會忘了帶鑰匙？

我跑到門口，打開大門：「大哥……」

溫亦霄站在外面，我嚇了一大跳，下意識想關門。

「妳的電腦怎樣了？」他伸手擋住。

我低下頭，不想回答。

「問題是不是還沒解決？」

我沉默不語，眼圈微微發酸。

「還是先解決問題吧。」

猶豫了幾秒，眼看溫亦霄仍是站著不走，我這才把電腦故障的經過說出來，「被老闆那樣嘲諷，我很不服氣，回來就把零件全拆了……」

「組不回去嗎？」他的聲音帶點輕柔。

「組回去了，可是沒有畫面。」

「我可以進去幫妳看看嗎？」

我抬頭看著溫亦霄平靜的臉，慢慢往旁邊跨了一步，他脫下鞋子踏入客廳，跟著我進到房間裡。

溫亦霄檢查了一下主機裡的接線，接著拔掉獨立顯示卡，將螢幕接頭接到主機板的內建顯示卡上，螢幕隨即亮了起來。

「應該是顯示卡故障了。」溫亦霄下了結論。

「可是拆解前還好好的……」我困窘不已。

「可能是妳在拆裝的過程中，手不小心碰到零件產生靜電，所以造成了故障。」

「我眞的很笨，花了那麼多時間，卻搞到又弄壞東西。」我把機殼的蓋子蓋上，轉頭瞧著旁邊生悶氣。

溫亦霄站在我的書櫃前面，伸手輕輕勾出《生存格鬥4》限定典藏版，看了看後推回去，接著勾出其他遊戲片，也是看了看再推回去。

「溫先生，你喜歡玩遊戲嗎？」我有點好奇。

「沒興趣，玩遊戲只會浪費時間。」他淡漠地回答。

「其實玩遊戲也可以學到很多的。」

溫亦霄沒有回話，只是逕自走出房間，我隨後跟上。

回到客廳，他轉身問我：「上次聽妳跟克里斯說，妳是因爲喜歡玩遊戲，才會想學電腦？」

「嗯，其實最主要的原因，是我小時候在遊戲裡認識了一個人，他學資訊工程，大學的時候架設了一個遊戲情報站，還收我當徒弟，教我怎麼玩遊戲。可是後來，他由於某些原因退出遊戲，從此就不再上線了。」我簡單說明認識師父的經過。

溫亦霄靜靜聽著，並未插過半句話，臉上依然沒什麼表情。

「當時我不知道自己長大後該做什麼，因爲有師父的鼓勵，我才會決定就讀資訊科。」我不好意思地笑了笑。

「我無法理解。」他溫和的語氣裡略帶疑惑，「爲什麼妳會崇拜一個不曾謀面，只在遊戲裡有過互動的人？」

「師父很會打電玩，電腦技術也非常強，他曾經在我的電腦中毒時，連線進來替我清除病毒，還幫朋友檢測公司系統的漏洞，他眞的很厲害！」

「那只是小孩子不懂事的崇拜，在我的資訊部裡，所有員工都可以做到這些，那是基本能力。不信的話，我可以隨便叫一個人過來示範給妳看。」

「就算如此，師父跟其他人還是不一樣的。」我有點生氣。

「遊戲裡的形象都是虛假的，有些人在遊戲的世界可以呼風喚雨，現實生活裡卻是職場、情場兩失意，或家庭失和的魯蛇，甚至還是群體裡的邊緣人，過得很卑微。」

「師父不會是魯蛇的！」

「妳崇拜的是一個幻影。」溫亦霄微微牽動嘴角，眼神還是一片冰涼，「在網路上，只要換了暱稱就是新的身分，既然妳師父捨棄了那個名字、捨棄了遊戲，便代表那個身分已經死了，根本不存在了。」

「雖然師父捨棄了暱稱，現實中的他還是會記得我們之間的事，只要記得就不是幻影。」

「妳怎麼知道他還記得？說不定他早就忘記妳了，從未想過妳一次，只有妳還惦記著那些回憶，即使努力考進資訊科，他依舊什麼都不知道，妳這樣不是很傻嗎？」

「傻就傻呀！」我更加憤怒，語氣也變得激動，「追求夢想本來就是要靠著一點點的想像、一點點的憧憬、一點點的傻勁，才能得到不斷前進的勇氣，不是嗎？全世界有那麼多人崇拜比爾蓋茲和賈伯斯，但比爾蓋茲和賈伯斯認識所有的人嗎？」

溫亦霄沉默了，他凝視著我，無波的眼神讓我猜不透他在想什麼。

「如果師父是刻意要我去讀資訊科，那豈不是太假了？正是因為他平時的言行鼓勵了我，這才顯得珍貴。能夠在無形中影響某個人的人生，就跟比爾蓋茲和賈伯斯一樣，你不覺得我師父很了不起嗎？很多人都會崇拜改變了自己的人，不管師父有沒有再想起我，他都是我最大的憧憬！難道溫先生不曾憧憬過什麼人，不曾為了夢想而傻過嗎？」

溫亦霄別開臉，露出為難的表情，似乎被我堵得無言以對。

「我相信你的下屬一定都很優秀，也明白師父現實裡可能不是特別完美的人，可是你的下屬沒有一個能比得上我師父，包括溫先生你也一樣。因為過去跟我相遇的人不是你們，你們未曾付出耐心去陪伴一個小女孩，所以統統不合格！」我緊握雙拳，感覺指甲刺著掌心，拚命忍住眼角的淚水，「直到現在，師父依然是我最崇拜的對象，請你不要隨便批評他。」

一口氣說完這些話，我低頭盯著地上，不知道該怎麼收拾這個狀況。

怎麼辦？他會不會生氣地要求我退錢給他，說晚上就要搬出去？

客廳裡靜了片刻，溫亦霄才開口，嗓音低柔：「抱歉，我話說得太重了，以後我不會再批評妳的師父。」

「對、對不起，我也太激動了，我應該謝謝你幫我檢查電腦。」我緊張地抬頭，發現他的眼神多了一絲柔和。

溫亦霄嘆了口氣，轉身走向大門，伸手握住門把，頓了頓又回頭對我說：「妳上來一下，我拿個東西給妳。」

「什麼東西？」我怔住。

溫亦霄沒有回答，逕自開門往外走，我猶豫地跟上，和他來到頂樓的套房門前。

「進來吧。」他打開套房的大門。

我依言脫鞋踏進客廳，客廳的坪數不大，因爲以前也都租給單身的房客住，中間只擺了張雙人沙發和小茶几。

「妳先坐，我找個東西。」

我在沙發上坐下，前方的茶几擺了一台筆記型電腦，客廳右側靠窗的牆邊有張長形的電腦桌，上面有兩台桌上型電腦、一台列印用的事務機，桌底下還有兩台體積較大的電腦。果眞跟大哥說的一樣，電腦設備很多，有如一間小網咖，整間客廳也因此感覺冷冰冰的，少了點溫暖。

溫亦霄走到電腦桌旁，拉開置物櫃的抽屜，在裡面翻找了一會，拿出一個電源供應器和一張顯示卡，「這是我以前拆主機留下的零件，雖然是二手品，但功能比妳現在用的更好。」

「你用不到了嗎？」我受寵若驚。

「因爲是升級電腦換下來的，未來也不會再用了，妳就拿去吧。」

「謝謝。」我伸手接過那兩樣零件，小心地暫擱在茶几上。

溫亦霄接著進了房間，再出來時，手裡拿著一個盒子。他把盒子也放到茶几上，在我的身邊蹲下，伸手輕輕握住我的左小腿肚。

「咦？」見盒子裡面裝著紗布和藥品，我連忙搖手，「這是小傷，不要緊的。」好丟臉啊！

他是在幫我檢測電腦時發現我受傷的？還是直擊了我騎腳踏車摔倒的蠢樣？

「就算是小傷，如果沒處理好也會留下疤痕的。」溫亦霄從盒子裡取出消毒棉，幫我擦去傷口周圍的血漬。

「溫先生……你剛才有買主機板嗎？」我不禁皺眉，忍著膝頭上的刺痛。

「沒有，我隨便問問而已。」他擦拭的力道放輕了些。

「其實我沒有要老闆退錢的意思，只是覺得做生意還是要有基本的道德。」

「女孩子家不要這麼莽撞，遇到那種唯利是圖的奸商，妳跟他理論是沒用的。」

我歪頭看著溫亦霄。難道他當時是故意打斷我和老闆的爭執？

他又怎麼會那麼剛好在那裡？

「可是我眞的很不甘心。」我癟嘴。

「換個方式想，妳買到的不是電源，而是一個教訓。」

「好貴的教訓。」我噗哧笑了出來。

溫亦霄突然抬頭看我，我馬上收起笑容，緊緊抿嘴。

「爲什麼不笑了？」他蹙眉。

「因爲你討厭我嘻皮笑臉的。」我委屈地說。

「我沒有討厭。」

「那你爲什麼要對我皺眉？」

溫亦霄沒有解釋，只是沉默了一會，才淡淡說：「妳還是保持原樣，愛笑就笑吧。」

「喔……」我微微一笑，心情豁然開朗起來，「早上的停電，溫先生的電腦都沒有受影響嗎？」

「我的每台電腦都有加裝UPS。」消毒完，他拿起棉花棒慢慢上藥。

「UPS是什麼？」

「不斷電系統。」

「好專業喔。」我有些崇拜。

包紮好傷口，溫亦霄起身坐到我的旁邊，開始處理左手肘的傷。

近距離看著他的臉龐，那淡漠的眼神多了一絲溫柔，輕緩的上藥動作讓我的心悸動了一下，臉頰控制不住地發熱。

「溫先生有在幫人維修電腦嗎？」我藉著提問掩飾自己的不自在。

「我只幫公司的大老闆修，只要電腦出問題，大老闆都會直接塞給我。」他回答。

「你可以叫克里斯修，不用自己來呀。」

「大老闆行事很謹慎，他怕電腦裡的私人資料會被洩露出去。」

「所以……你手上握有大老闆的把柄嗎？」我忍不住竊笑，資訊部經理果真是暗界的大魔王。

「職業道德很重要。」意外的，他瞪了我一眼。

手肘也包紮完畢後，溫亦霄起身去洗手，我站起來活動身體，心情十分微妙，不太明白這到底是怎麼回事。他的態度竟然一百八十度大轉變，還跟我聊了這麼多。

溫亦霄回來後，我指著擺在電腦桌右邊，機殼打開著的那台電腦，「那台是大老闆的電腦嗎？」

「嗯。」

「出了什麼問題？」

「妳要不要試著檢查看看？」

我詫異地看著他，這意思是……他要讓我修理嗎？

溫亦霄靜靜注視我，像在等待我的回答。

「我怕把電腦弄壞……」我猶豫著。

「是我授權給妳的，弄壞了我自然會負責。」他不在意地說。

「好！」我大步走向那台電腦，有他當後盾，似乎就沒什麼好怕的了。

按下電源鍵，電腦不斷發出「嗶——嗶——嗶——」的聲音，啟動進度停滯在剛開機的黑色畫面上。我回頭望了望溫亦霄，他雙手抱胸，等著看我會怎麼處理。

「溫先生，左邊的電腦可以借我上網搜尋嗎？」因爲什麼都不懂，所以處理的第一步只能靠搜尋資料。

溫亦霄點頭同意，於是我開啟左邊那台電腦，在搜尋欄輸入「電腦嗶嗶叫」這個關鍵字，結果有好幾萬筆網頁。我瀏覽了一下，得知要先確定嗶嗶聲是幾長幾短，才能判斷。

「連續的長聲……原來是記憶體錯誤。」我恍然地點點頭。

回到右邊的電腦前，我把電腦關機，照著網友提供的說明，將兩條記憶體拔下來，然後從筆筒裡找出橡皮擦，將上面被稱爲「金手指」的部分擦乾淨，再輪流做交叉測試。

一杯咖啡悄悄擱在旁邊，我沒有心思喝，只是專注地進行測試。

不知道過了多久，在反覆地開關機後，我長長吁了一口氣，轉身對溫亦霄露出笑容：「兩條記憶體都沒問題，是主機板右邊的記憶體插槽壞掉了，對不對？」

溫亦霄坐在沙發上，手裡拿著一杯咖啡，嘴角輕勾：「答對了，不愧是……資訊科的學生，下次我再教妳用軟體檢測。」

「下次？」我驚訝地睜大眼睛，「你還要教我嗎？」

「妳想學嗎？」

「想！我想學。」

「那以後每個星期日下午，我會把時間空出來，妳如果有電腦相關的問題想問我，或者想學些什麼，只要提前跟我說，我就會準備資料教妳。」溫亦霄承諾。

「謝謝！」我偷偷掐了一下自己的大腿，想確定這不是做夢，「學費怎麼算呢？」

「學費……就用水果布丁抵吧。」

「沒問題！」我右手握拳跳了起來，「那我該怎麼稱呼你？」

「隨便。」

我思索了一會，叫溫先生感覺好客套，叫溫大哥似乎又過於親近，可是喊溫老師也不太符合他的形象。他可是大公司的經理，管理整個資訊部，背地裡更是暗界大魔王，握有大老闆的把柄。

「那麼……我稱你爲師父吧。」猶豫了半晌，我下定決心。雖然「師父」這個稱呼對我來說具備特殊意義，但不知爲何，我還是覺得這麼喊最合適。

我彎腰鞠了個躬，權當拜師儀式。

溫亦霄低頭喝了口咖啡，輕輕「嗯」了一聲。

聽到他應聲，我開心到有點飄飄然的，回頭拿過那杯早已冷掉的咖啡，啜了一口。咖啡的味道相當濃醇，口感微苦卻不酸不澀，淡淡的奶香裡蘊藏著另一種甜甜的香氣。

這種香氣聞起來很熟悉，我隨即想起是曾經在他的領帶上聞到的氣息。

我再喝了兩口，仔細感受那絲香氣，不過依然分辨不出是什麼味道。

我忍不住問溫亦霄：「師父，這咖啡裡有種甜甜的香味，那是什麼味道？」

溫亦霄注視著筆電螢幕，伸手移了移滑鼠，漫不經心地答：「香草喔。」

香草的味道？

乍聽「香草」兩個字，我的思緒空白了好幾秒，還沒反應過來，一句話已經脫口而出：「請問，你以前完全沒有玩過遊戲嗎？」

「學電腦的沒玩過遊戲，似乎說不過去。」溫亦霄放下咖啡，轉頭看我。

「你玩過什麼遊戲？」

「網遊。」他的目光沉靜似水，不動聲色，「大學時曾經沉迷過，當了一陣子的臺幣戰士，後來覺得那是個無底洞，很浪費時間和金錢，就不玩了。」

我甩甩頭，心裡莫名失落。剛才我竟有一瞬間的失神，以爲溫亦霄就是Vanilla。

當年Vanilla是大三生，經過四年，應該已經二十五、六歲左右，而溫亦霄正巧是這個年紀，學的也是資訊工程。

兩人的年齡和專長一樣，可是論性格、說話語調、玩過的遊戲類型，卻截然不同。

Vanilla溫文有禮，個性算是開朗的，待人相當友善；溫亦霄則比較世故，話鋒犀利，總是刻意跟人保持距離，冷淡到散發一點嚴肅感。

Vanilla重視遊戲的故事性和聲光效果，偏愛有始有終的劇情，認爲好劇情能令玩家身歷其境，像在觀賞一場電影般享受。

因此，他不喜歡劇情鬆散的網遊、不喜歡被每日任務或限時活動綁住時間，更不喜歡得不停課金，才能保住自己在排行榜上的地位。

而溫亦霄玩的卻是網遊，還當過爲遊戲花費大量金錢的臺幣戰士，完全有違Vanilla的遊戲理念。

「咕嚕……」

客廳裡響起一陣怪聲，打斷了我的思緒，我低頭愣愣看著自己的肚子。一番折騰下來，我忘了吃午飯，現在喝了杯咖啡，飢餓感便突然被勾起了。

「妳整個中午東奔西跑的，該不會還沒吃午餐？」溫亦霄又皺眉。

「你、你怎麼知道？」我肩頭一縮。

「我跟同事在電腦維修店斜對面的咖啡廳用餐。」

「是和克里斯嗎？」

「不是。」

「那是和湯小姐？」

溫亦霄沉默，似乎是承認了。

「湯小姐長得很漂亮，身材又好……哈哈。」我乾笑，臉頰熱辣辣的，大概紅得跟番茄一樣。

沒想到溫亦霄還看見我殺氣騰騰，想要找維修店老闆理論的模樣，難怪他覺得我很莽撞，沒有女孩子家的樣子。

真的好丟臉。

「師父，我先下樓了。」肚子再度咕嚕一聲，我趕緊拿起零件奪門而出。

回到家，我填飽肚子，將那顆品質不良的電源供應器拆掉，裝上溫亦霄給的電源和顯示卡。

我上網查了品牌資料，這兩項零件都是兩年前的舊產品，上市時間跟我購買這台電腦的時間差不多，但當時電源的售價是四千多元，顯示卡更是不得了，是專業級的，售價兩萬多元，比我這一整台電腦還貴。

我打開漫畫檔案開始修圖，明顯感覺到電腦彷彿脫胎換骨，讀取的速度變得很快，我隨便剪輯和合併幾段影片測試，簡直堪比法拉利的速度。

果然，暗界大魔王給徒兒的見面禮，就算是二手貨還是非常高檔的。

晚上八點多，大哥和二哥陸續回家。

看到我手腳受傷，他們急問發生了什麼事。

我說明了原因，以及拜溫亦霄為師的過程，二哥氣沖沖地抓起那顆便宜電源，說要去找維修店的老闆理論，不過被大哥阻止了。

「大哥！那個老闆害這笨蛋摔成這樣，你忍得下這口氣嗎？」二哥一手揪住大哥的衣服，一手指著我的腿。

「誰是笨蛋呀。」我瞪了二哥一眼。

「溫先生都說了，就當沄萱花錢買教訓，我看這件事還是算了吧。」大哥拍拍二哥的肩。

「哼！」二哥鬆開大哥的衣服，改成揪著我的後領，像拎著小狗或小貓一樣，「可是她拜溫亦霄為師父，假日就會窩在房客的家裡，我怕爸媽不同意。」

「你如果擔心的話，可以跟去旁聽呀。」

「旁聽一下也好，雖然溫亦霄應該也不會喜歡洗衣板……」二哥瞥了瞥我的胸前。

「蘇嘉鴻！你很討厭耶。」我生氣地打二哥。

二哥抬起手臂擋下我的攻擊，轉開話題：「大哥，你今天是不是跟女朋友去約會？」

「不是，只是去見一個新客戶。」大哥搖頭。

「客戶是女的嗎？長什麼樣子？有沒有照片？」二哥繼續逼問。

「客戶爲什麼會在假日約你見面？」我停止攻擊二哥，也跟著質疑。

大哥笑而不答，毫不理睬我們的連環轟炸。

晚上準備睡覺時，我的手機響起，是沈雨桐的來電。

「萱萱，我收到圖檔了，謝謝妳！」她的語氣滿是感動。

「圖沒問題吧？」

「嗯！我已經寄給印刷廠了，不好意思，還害妳的電腦壞掉了。」

「沒事，反正已經修好了。」

「明天我請妳吃午餐。」

「好啊。那晚安嘍。」

掛了電話，我躺在床上，看著左手肘貼著的紗布，忍不住拉起棉被蓋住自己的頭，反覆回想今天發生的一切，害羞地躲在棉被裡偷笑。

其實我該感謝沈雨桐，爲了修她的圖，我才會在那個時間點使用電腦，遇到突發的停電而故障，因此意外得到一個厲害又帥氣的師父，這也算是一種奇遇吧。

第六章　破綻陷阱

學校圖書館大樓的側邊有一道樓梯，暑假期間沒什麼學生會經過。在如此炎熱的日子，這裡常有涼風從樓上吹下來，待起來很舒服。

中午的休息時間，我和沈雨桐總會坐在二樓通往三樓的樓梯平臺上，一起吃飯或聊天，度過愜意的時光。

不過今天來了一個不速之客。

「午安。」方硯寒抱著兩個保鮮盒，在我面前坐下。

「方硯寒，這裡是女孩的專屬空間，你不應該出現。」我立刻下逐客令。

「我不介意妳們把我當成男閨蜜。」

「我介意。」我舉手。

「我不介意。」沈雨桐也舉手。

我轉頭微笑看著沈雨桐。

「我……介意。」她識相地改口。

方硯寒不理會我們的意見，逕自打開保鮮盒，放在我們三人中間的地上。盒裡裝著各式握壽司，有鮮蝦、章魚、玉子燒、紅燒鰻這幾種口味，頓時將我和沈雨桐手裡的涼麵比了下去。

「妳們也一起吃吧。」方硯寒拿起筷子，夾了個鮮蝦壽司。

「謝謝學長！」沈雨桐眼神一亮，迅速夾走一個紅燒鰻壽司。

「這是你媽媽做的嗎？」我繼續吃涼麵，壓根不想碰他的食物。

「學長的爸媽工作那麼忙，應該沒空下廚吧，該不會是傭人做的？」沈雨桐猜測，又伸出筷子去夾玉子燒壽司，一口塞進嘴裡。

「蘇沄萱，妳不吃是怕我下毒嗎？」方硯寒轉移話題，沒有承認也沒有否認。

「誰在怕？」

「還是妳覺得吃了我的壽司，就好像是被我打敗了？」

「無聊。」我輕嗤一聲，「你每天都用白忍者跟我對戰，使來使去只有那幾招，我不用腦袋都可以贏過你。」

「學長爲什麼不換個角色？」沈雨桐好奇地問。

「我想把白忍者的招式練到精熟，好擊敗蘇沄萱。」方硯寒解釋。

「你那幾招連得不是很好，其中有幾個斷招點，很容易被人反擊回去，你應該想想別的招式。」我誠心建議。

「有破綻啊……」他思考般垂下眼簾，嘴角勾起似笑非笑的弧度。

「萱萱，妳至少吃一個吧，不然都是我在吃，我會不好意思的。」沈雨桐一臉垂涎盯著壽司，卻不敢再動筷子。

我只好夾了個章魚壽司品嚐，冰冰涼涼的相當消暑，我納悶地問：「這壽司是剛從冰箱裡拿出來的？」

「嗯。」方硯寒點點頭。

「北大樓有冰箱？」

「有，在生物實驗室裡，不過冰箱裡被塡得太滿，我差點塞不進去。」

「噗……」我伸手摀住嘴巴，差點把壽司吐出來。

生物實驗室的冰箱是用來冰存解剖過的生物，或者是實驗用的標本或藥品吧，那豈不是像生物的停屍櫃？

方硯寒突然低下頭，一手按著額頭，一手壓著腹部，肩膀輕輕顫動著。

「學長騙人，北大樓的教師休息室有冰箱吧？」沈雨桐咬著筷子，挑了挑眉。

「學妹聰明。」方硯寒憋笑憋到有點無力的樣子，滿眼笑意地抬臉注視我，「蘇沄萱，妳眞呆啊。」

「討厭鬼！吃完快滾回北大樓啦。」我狠狠刨了他一眼。

「這樣趕學長不好吧？」

「你捉弄學妹更差勁！」

「妳應該最了解我的喜好，卻還是常常自己跳進我的陷阱裡。」

「誰像你無時無刻都在耍心機。」

吃完午餐，方硯寒把保鮮盒收起來，仰頭望著晴朗藍天，雙臂舒展伸了個懶腰，「妳們兩個眞會挑地方，這裡的風吹起來很舒服，適合睡午覺。」

「要睡回北大樓睡。」原本盤坐著的我改變姿勢，雙腿向前打直，故意霸占住中間的地面，擺明不讓他在這裡午睡。

「謝啦。」沒想到方硯寒就地一倒，直接把頭枕在我的大腿上。

「喂！」我嚇了一跳，伸手想推開他的頭。

「噓。」他右手食指輕輕點在自己的唇上，露出得逞的笑，「這是午餐的代價。」

「我才吃你一個壽司而已，沈雨桐至少吃了五個，你爲什麼不躺她的腿？」

「因爲……」他的笑容更深，笑得人畜無害，「妳腿短肉多，比較好躺。」

「你……」我氣得不知該說什麼，只能一邊朝方硯寒的臉揮舞拳頭，一邊對沈雨桐抱怨，「妳看！他就是個刺客，喜歡來陰的，所以我才不想吃他的壽司，那肯定有毒，妳還要我吃。」

「對不起，壽司的吸引力太大了。」沈雨桐歉然地雙手合十。

「下次他給妳甜頭時，妳最好特別小心。」

「知道了、知道了。」

「嘖，這傢伙居然說睡就睡。」方硯寒的睡臉毫無防備，氣息勻長，眉宇間少了平常那抹酷冷的氣質，「雨桐，妳有沒有帶筆？」

「妳想畫學長的臉？」沈雨桐噗哧一笑。

「當然，這麼好的機會。」

「但我們是來這裡午休的，我怎麼會帶筆呢？」

「有了，用涼麵的醬汁畫。」我伸長手，想把裝著涼麵盒子的塑膠袋勾過來。

「施主，冤冤相報何時了。」沈雨桐按住我的手臂，一腳踢開塑膠袋，露出長輩般的慈藹笑容，「我剛才吃了學長好幾個壽司，現在不報恩不行。」

「妳這牆頭草！」我改成掐她的腰。

沈雨桐咯咯笑了兩聲，又怕吵醒方硯寒，伸手掩嘴。

「這次就饒了他。」我望著天空，涼風陣陣吹來，令人心情非常愉快。

「萱萱，妳看妳看。」沈雨桐掏出手機，開了一張圖給我看，「昨天我家大神又發了一張圖，妳瞧這用色多美呀。」

就像我崇拜著香草殿下一樣，沈雨桐也崇拜著網路上的一位神祕插畫家。

「唉，我也好想拜大神當師父……」沈雨桐把頭靠在我的肩膀上。

「加油吧。」我拍拍她的頭，「大神是我們朝夢想前進的動力！」

我們聊著那位繪圖界的大神，直到午休結束的鐘聲響起。

方硯寒揉揉眼睛，翻身坐了起來，一臉睏意。

「你昨天很晚才睡？」我好奇地問，雖然我每天晚上都會跟他對戰，不過十二點前就會下線。

「嗯，練功練太晚。」他拿過保鮮盒起身，突然想到什麼，從口袋裡掏出一張折起來的紙，「給妳，這是烤肉會的活動流程表，時間在這個星期日。」

「不行，星期日我有事。」我伸手接過。

「什麼事？」方硯寒挑眉。

「我家房客要教我怎麼組電腦。」

「是那位資訊部經理嗎？」沈雨桐眼睛一亮。

「嗯，那天剛好是第一堂課。」我點頭，第一堂課就請假似乎不太好。

「那妳只能蹺課了，反正星期日早上八點，我會去妳家接妳。」方硯寒不給商量的餘地，說完便轉身下樓。

「等……」我想要喊住他，卻被沈雨桐打斷。

「萱萱，妳要跟學長約會了！」她興奮地抱住我。

「不是約會，這是青蛙害的……」我苦著臉。

「緣分眞奇妙，連青蛙都來牽線。」不管我怎麼解釋，沈雨桐依舊認定這是約會。

我們下樓回到圖書館，坐在櫃檯的電腦前，我打開方硯寒給的流程表。

活動緣由：爲慶祝暑輔結束，特別舉辦一場夏日烤肉會

活動地點：西悦凡爾賽宮

活動發起人：楊楷杰

活動內容：BBQ、游泳、室內遊戲

需準備物品：泳衣、浴巾、衣服

我徹底傻了。

我以為烤肉會地點是在休閒農場，沒想到居然是在電視上常有廣告播出的、「西悅凡爾賽宮」這種千萬級的大樓豪宅裡。

再看活動發起人，是學生會的前會長，楊楷杰。

聽說這位前會長的父親是建設公司老闆，學校的各項建設都由他家承包，本人是數理資優班學生，長相又帥氣，不過花名在外，光是高中這段期間，女友就換過好幾個。

難怪方硯寒會說男生必須邀女伴參加，而且活動內容還有游泳，可以藉此看到女生的身材，怎麼看都是動機不純。

講得直白點，這場烤肉會根本是聯誼會。

放學的時候，我殺氣騰騰跑到北大樓堵方硯寒。

方硯寒並不顯得訝異，大概也料到了我來找他的原因。

「麻煩你解釋一下。」我把流程表遞給他。

「我沒有參與活動組的討論，也是今天早上才知道內容的。」他澄清。

「我不適合那種場合，你去找別的女生吧。」我搖搖頭。

「為什麼？」

「因為我不太喜歡游泳，要身材沒身材，也不會穿衣打扮，去那裡只會丟臉。」

「我覺得妳挺好的，沒有哪裡比不上別的女生。」

「拜託！差很多好嗎？」我沒好氣地駁斥。

方硯寒雙手插著褲袋，走近一步，低頭以很輕的嗓音說：「我覺得妳……長得挺順眼的，興趣又跟我一樣，很會打電動，和我滿有話聊，明明不錯呀。」

他認眞的表情令我一時答不出話，臉頰莫名熱了起來。

「很多人都說我看女生的眼光特別奇怪。」他補了一句，好像在掩飾什麼，「而且活動費用我都繳了，我們就玩自己的，不用理他們，妳至少要幫我吃個夠本吧？」

「好吧……去就去。」我伸手推開他，「你不只眼光奇怪，腦袋也要看醫生了。」

方硯寒笑了笑，肩頭微微垂下，似乎鬆了一口氣。

回家後，我上樓找溫亦霄，告訴他星期日我要跟朋友出門，必須請假。他的反應很平淡，只是要我好好玩，其餘什麼都沒有表示。

星期日早上，我起了個大早打扮自己。

既然有烤肉活動，穿著輕便點應該會比較好，於是我穿了白色條紋上衣，搭配吊帶牛仔短褲，頭上戴著鴨舌帽，覺得自己看起來挺有朝氣的。

接著，再三猶豫後，我踏進爸媽的房間，翻出媽媽的化妝包，幫自己上了一點妝。

化妝這件事，對學校裡時尚相關科系的女生而言，因爲有校外打工或實習的經驗，所以大概就跟吃飯差不多容易，連沈雨桐都說化妝和修圖一樣，哪裡不足就修哪裡，很簡單。

然而，那是很抽象的形容，我可以運用繪圖軟體大刀闊斧地修圖，但是對著鏡子要修飾自己的臉蛋時，心裡卻沒有任何想法。我只好搜尋美妝部落客的教學文，按照其中的流程上妝，一個步驟都不少。

手機傳來方硯寒的訊息，他說已經抵達我家的路口了。

因爲不想被鄰居或哥哥們發現，我才要他在外面的路口等。

上完妝，我背著裝了泳衣的背包，蹲在大門外穿鞋。剛穿好鞋子，背後便傳來下樓的腳步聲。

「早安，師父！」我轉身露出燦笑，對溫亦霄揮揮手。

溫亦霄一手搭著樓梯扶手，乍見我的臉時，他愣了愣，然後垂下視線，忍俊不禁地勾起嘴角。

這是我第一次看見他的笑臉，清清淡淡的，柔和了他一身的冷漠，讓樓梯間好像亮了起來。

溫亦霄走過來捏捏我看呆的臉，說：「卸掉比較好，不然游完泳再晒個太陽，會變得慘不忍睹的。」

「喔、喔……好，我馬上卸掉！」我轉身衝回家。

二哥剛剛睡醒，打著哈欠走出房間，一看到我，他頓時瞪大眼睛驚叫：「妳的臉是被鬼打到嗎？」

「不要說啦……」我雙手摀著臉奔進浴室，把妝統統卸掉。

再次出門時，溫亦霄已經不見蹤影，大概是去買早餐了。

我跑向外邊的路口，方硯寒穿著黑色T恤外搭襯衫，褲管往上捲了幾褶，打扮帶了點街頭風。他背靠著自家轎車，手裡拿著小P在練功。

無法否認，他看起來很帥氣。

「不好意思，久等了。」我來到他面前。

方硯寒抬頭看了我一眼，伸手拉開車門，輕笑：「我們剛好黑白配。」

「誰要跟你配。」我鑽進車內，跟司機伯伯道早，「伯伯，不好意思，我遲到了。」

「沒關係，才十分鐘而已，我每次等大小姐都等更久。」司機伯伯親切依舊。

「等我明年滿十八歲，就可以去考駕照自己開車了。」方硯寒從另一邊的車門進來。

「這樣伯伯會不會失業？」我有點擔心。

「呵呵……不會的，還有先生和太太，將來也會有小孫子啊。」司機伯伯笑了笑。

「哈哈，這樣啊。」我不好意思再多說，探頭去看小P的畫面，「方硯寒，你在玩什麼遊戲？」

「《忍殺4》。」方硯寒把小P塞進我手裡。

「不要！換一個。」我像被燙到似的把小P拋還給他。

我們一路討論遊戲，輪流玩著小P，直到轎車停在一棟氣派的大樓前。

下車後，我隨方硯寒踏進一樓的迎賓大廳。放眼望去，整座大廳是巴洛克式的風格，石牆上刻著藝術浮雕，屋頂也裝飾著金銀兩色的雕飾，大理石打造的光潔地板映著水晶吊燈的璀璨光影，處處散發金碧輝煌的奢華感，讓我看得眼花繚亂。

大廳右側有一架三角鋼琴，四周圍了十多人，優美的琴音在空氣中迴盪。

我和方硯寒走向那群人，鋼琴前的演奏者正是學生會的前會長楊楷杰。他有一頭柔順的金色染髮，模樣陽光帥氣，帶點貴公子的氣息。

一曲彈畢，楊楷杰推開琴椅站起身，聽眾們紛紛拍手叫好。

「會長大人彈得好好聽！」

「可以再多彈幾首嗎？」

「下次有機會再彈給大家聽。」楊楷杰笑得謙虛，轉頭見我和方硯寒站在一起，微微露出詫異的表情，「小寒寒，沒想到你眞的帶女生來了。她是什麼科的？」

「會長，我是資訊二甲的蘇沄萱。」我自我介紹。

「資訊科？」楊楷杰打量我，目光定在我的臉上，「你們什麼時候認識的？」

其他人也投來視線，像在對我的外表打分數，讓我渾身不自在，其中還摻雜著不少好奇的目光，畢竟在這個暑假前，我和方硯寒不曾有過互動。

「我們是一起玩遊戲機的朋友，上個月我才發現她是同校的學妹。」方硯寒主動說明。

「咦？是P遊戲機嗎？」

「不是，是X遊戲機。」

「喔……」楊楷杰的眼神閃爍，「那你們是男女朋友嗎？」

「不是！我們是仇人，天天互相殘殺。」我恨恨地瞪方硯寒。

「是刺客跟魔王。」方硯寒迎上我的目光，嘴角勾起淺淺的笑。

「這樣啊，反正大家就一起玩吧。」楊楷杰乾笑兩聲，轉頭看了眼旁邊的一位長髮女孩。

大門再度打開，陸陸續續又進來幾個人，等所有人員到齊後，楊楷杰要大家簡單自我介紹。

我心裡數了一下，總共二十五人，男生十二個，女生十三個，都是三年級的學長姊，只有我是二年級。

學長們全是校園風雲人物的等級，有幾位是學生會的前幹部，而學姊們也大多是各科的班花，臉上帶著精緻妝容，穿著打扮非常好看。印象中每次滑臉書的時候，都會見到班上的男同學對她們的照片點讚。

混在校草校花團裡，我眞心覺得自己長得好普通，不過就當開開眼界，混個經驗吧。

楊楷杰領著大家進入中庭花園，方硯寒雙手插在口袋裡，和我走在隊伍最後面，跟前面的人隔了三步遠的距離。

「你該不會是因爲喜歡玩刺客，才老是走在最後面吧？」我想起沈雨桐說過，她在北大樓看到方硯寒時，他常常落在人群的最後頭。

「是啊，看著別人的後腦就會開始想像該怎麼暗殺。」方硯寒露出冷冷的笑意，盯著前方那位學姊的後腦勺，「不過，其實還有一個更大的誘因。」

「什麼誘因？」

「因爲走在最後面，可以觀察到許多有趣的事。」

「例如什麼事？」

「例如……」方硯寒微微彎身，用很輕的聲音在我耳邊說，「楊楷杰的女朋友叫莓眞，她的好朋友叫小敏，小敏常常偷看楊楷杰，有時候還會對莓眞翻白眼，如果走在前面，就什麼都發現不了了。」

「你眞是惡趣味！」我嫌棄地蹙眉。

方硯寒一臉神祕地笑了笑。

「會長就住在這裡吧？」我好奇地東張西望，中庭花園裡除了有羅馬柱和拱門外，還建有華麗的藝術噴泉，相當美輪美奐。

「嗯。」他點頭。

「果眞是個貴公子。」我指著一座希臘女神雕像，「那座雕像滿漂亮的。」

「不就是石頭嗎？」

「你是沒看到那顆石頭有形狀嗎？」

「雕像的身材過胖，屁股太大、胸部太小，腰和腿都挺粗的，手臂還有蝴蝶袖，我無法理解古代歐洲人的審美觀。」方硯寒端詳著雕像，一臉想不透的樣子。

「你好掃興。」我困窘不已，彷彿被澆了一大桶冷水。

「我也不能理解古代歐洲人的審美觀。」走在前面的學姊突然轉頭，朝我們甜美微笑。

「妳好。」我頷首向她問好，她就是楊楷杰剛才偷瞄的那個長髮女孩。

「我叫詩樺，服裝科三年級。」她禮貌地再次自我介紹。

「詩樺學姊好。」

詩樺學姊停下腳步，等我們兩人跟上後，她笑著對方硯寒說：「雖然不能理解古代歐洲人的審美觀，不過當時的服裝倒是非常美麗。」

「嗯。」方硯寒輕應一聲。

「他的眼裡只看得見亞麻和蠶絲，看不見衣服的存在。」我忍不住損他。

「這是醫科生特有的思維嗎？」詩樺學姊掩嘴笑了起來，接著又問方硯寒，「那你看人的時候，會直接聯想到細胞組成嗎？」

方硯寒沒有回話，只是端著似笑非笑的表情，視線在我和學姊的臉上轉了一圈。

我們一行人來到大樓後方的烤肉區，整塊區域的中央有座長形花圃，一旁設置了五組大理石桌椅，其中三張桌子上已經放著烤肉用品。

楊楷杰拿出名單，將眾人分成三組，而後大家便開始準備烤肉。

我和方硯寒走向第三組，詩樺學姊也在同組，大家簡單分配了一下，由男生負責架爐子和升火，女生負責清洗食材。

一切就緒，方硯寒主動接下烤肉的工作，眾人說說笑笑、吃吃喝喝，氣氛挺融洽的，似乎沒什麼隔閡。

聽著大家閒聊，我這才知道詩樺學姊曾經榮獲全國技藝競賽服裝製作組第一名。

「這也是我自己做的。」詩樺學姊將自己的手提包遞給我。

「哇，好漂亮！我以爲這是買的。」我接過手提包，仔細欣賞它的設計。

「我在裁剪皮革的時候，還不小心剪到自己的手指，不過成果出爐後，再痛也都值得了。」

「學姊的夢想是什麼？」

「當然是成爲知名的服裝設計師，設計出很棒的衣服，登上國際伸展台。」

「學姊的夢想眞偉大。」我由衷地佩服，覺得學姊既漂亮又有內涵。

「也沒什麼。對了，其實我很好奇，妳跟方硯寒玩的是什麼遊戲？」詩樺學姊換了個話題。

「我們玩的是家機……」我正要解釋遊戲方式和內容。

「妳不要顧著聊天，快點幫我回本。」方硯寒突然夾著一塊肉遞到我嘴邊。

我下意識張口咬住那塊肉，嚼了嚼，一股辣勁隨即在嘴裡爆開，辣得我眼淚都流出來了，吐著舌頭猛哈氣：「方硯寒！我要滅了你！」

方硯寒低聲笑了起來，我立刻以拳頭伺候。

這時，一道甜膩的尖叫聲打斷我們的打鬧：「楷杰，你好討厭喔，這是我精心烤的，你怎麼可以掉在地上……」

那音調實在很吵，我不禁轉頭看向第一組。

楊楷杰的女朋友莓眞，是個凡事都喜歡用高音表達感想的女孩，舉凡肉片要翻面、竹籤掉了、雞翅太肥、炭火過旺，都可以聽見她撒嬌似的尖呼。

收回視線時，我發現了一個不對勁的地方，又轉頭看看第二組，再回頭看第三組。

第一組，四男四女；第二組，四男四女；第三組，四男五女。

第三組多了一個人。

我想起楊楷杰剛才見到我的反應，他好像沒料到方硯寒會眞的帶女生來，加上剛才在路上，詩樺學姊是獨自走在我們前面，這般推敲的話……

難不成我是多出來的人，而詩樺學姊原本是要跟方硯寒配對的？

我站起身，拉著方硯寒遠遠走到一旁說話。

「我問你，我是不是多出來的人？」我小聲問。

「不是。」方硯寒低聲解釋，「以前有活動時，我不曾帶女生參加過，所以楊楷杰都會拉雜魚進來補位。這次我有事先跟他說會帶女生來，沒想到他已經讓那個女同學報名了，雖然已經溝通過，但她還是堅持參加，就變成現在這種情況了。」

「不要說別的女生是雜魚。」我正色，「這件事學姊也沒有錯，你多少跟她說說話吧，不然她落單了很可憐。」

「那……讓妳落單就沒關係嗎？」

「沒關係。」我不在意地搖搖手，「我是來混經驗的，又不是眞的要跟你聯誼。」

方硯寒深深凝視著我的臉，接著轉身走回第三組所在的桌邊，直接坐到我的位子上。隔壁就是詩樺學姊，見方硯寒在身旁坐下，她露出驚訝的表情。

我則坐到方硯寒的位子，接替他剛才的工作，繼續烤肉給大家吃。詩樺學姊很聰明，馬上延續遊戲的話題，跟方硯寒有一搭沒一搭地聊了起來。

過沒多久，我注意到不少人偷瞄著我們三人，好像以為我被方硯寒給冷落了，莓眞學姊還一邊看我，一邊在楊楷杰耳邊竊竊私語，不知道說了些什麼。

我不想理會那些目光，逕自掏出手機，傳訊息跟沈雨桐聊天。

烤完肉，大家休息了一會兒，便動身前往迎賓大廳二樓的露天游泳池。

游泳池的造景充滿南國風情，池畔種了一排椰子樹，樹下有洋傘和躺椅，湛藍的清澈池水映著藍天白雲，波光粼粼，景致相當美麗。

漂亮的游泳池讓眾人無不讚嘆連連，紛紛跑去更衣室換泳衣。

「學妹，我們也去換泳衣吧。」詩樺學姊拉著我走。

換好泳衣，我推開更衣室的門，一眼就看見詩樺學姊長髮盤起，穿著比基尼站在鏡子前。那玲瓏有致的身材、白皙的肌膚、修長的雙腿，整個人簡直像個模特兒。

我轉頭望向其他女孩，大家都穿著亮麗又可愛的泳裝，個個吸睛；再低頭瞧瞧自己，身上是運動風的藍色連身泳裝，實在沒什麼看頭，心裡忍不住嘆了一口氣。

「學妹，妳看起來好可愛呢。」詩樺學姊面帶微笑打量了我一眼。

「謝謝，我們去游泳吧。」我跟著學姊走出更衣室，忍不住把大浴巾披在身上。身為電玩宅，要在這麼多人面前展現穿泳裝的模樣，還是會令我覺得難為情。

來到池畔，換裝不需要花多少時間的學長們早已下水玩了起來，而學姊們也一個個跳進泳池裡。大家一起打水仗，陽光、水花、笑聲，氣氛充滿青春和熱情。

方硯寒穿著黑色的及膝運動泳褲，背對我們站在池邊，陽光灑在他赤裸的背脊，於肩胛骨處形成淡淡的光影，往下延伸到瘦削的腰身。肩頸和雙臂的線條分明，肌肉微微起伏，他的體格沒有我想像中那麼瘦弱，不知怎麼的，看上去還挺性感。

詩樺學姊小跑步來到他身邊，微微仰頭和他說話，略帶害羞的模樣十分迷人。

我的腳步頓了一下，才慢慢走過去，忽然感覺自己像個電燈泡。

「妳會游泳嗎？」方硯寒轉頭問我。

「國中時在學校裡學過，可是高中沒有游泳課，所以我已經一年沒游過泳了。」我微笑著，視線和詩樺學姊若有所求的眼神輕觸了一下。

「需要我陪妳練習嗎？」

「不用不用，我剛才吃得太飽了，想要稍微休息，你跟學姊先去玩。」

聽我這麼說，方硯寒的眼神沉了下來，好像不太高興。

「喂！你們快來玩啊。」楊楷杰在泳池裡朝我們揮手。

方硯寒冷著一張臉，轉身走向泳池另一端。

「學妹，那妳就先休息，待會兒再下來玩喔。」詩樺學姊燦然一笑，連忙追上方硯寒。

我在池邊坐下，雙腿伸進泳池裡，輕輕踢著水玩。

不遠處，十幾個學長姊分散在泳池中，像打排球一樣，在水裡玩著沙灘球。方硯寒和詩樺學姊並肩走到泳池的右端，那裡有四條以欄杆分隔的水道，兩人挑了相鄰的兩條水道，一起跳進水裡，悠然地來回游了一趟，而後靠著岸邊休息聊天。

隱約有幾道視線往我這投來，帶著一絲憐憫，彷彿我和學姊又PK了一場，而我是敗下陣來的悲慘輸家。

那些人眞是無聊！

我今天是被方硯寒強迫來的，又不是他的迷妹。

起身把大浴巾放在旁邊的躺椅後，我跳下泳池，發現泳池的水面被太陽晒得暖洋洋，池底的溫度卻冰涼涼的，十分舒適。

「學妹！可以幫忙撿球嗎？」莓眞學姊驀地尖聲對我喊。

我左右張望，只見沙灘球落在泳池的中央。我雙腳朝池底一蹬，雙臂划動，向那顆球漂移過去。

就在離球越來越近的時候，我的腳漸漸踩不到池底，好不容易抓住球用力拋給莓眞學姊，身體卻同時失去平衡下沉，池水瞬間淹過我的頭頂。

因爲沒有戴上泳鏡，我屏氣閉著眼睛，手腳拚命地划著，想讓身體浮出水面。可是因爲看不見，不管怎麼划我都無法浮起，整個人反而不斷地往下沉去。

我嚇傻了，在水裡慌亂掙扎，不小心喝了兩大口的水，焦急間一雙手環住我的腰，把我的身體撐高起來。

嘩啦一聲，我的頭終於浮出水面，大口大口喘著氣，慢慢睜開眼睛，眼前是方硯寒神情凝重的臉。他還抱著我的腰，穩穩地站在水裡，池水只淹到他的胸口。

腦袋一片空白，我兩手緊攀住他的肩頸，嚇得止不住顫抖。

「妳還好吧？」他略微仰頭看我。

我一時答不出話，只是呆愣地點頭，晶瑩的水珠從劉海和髮尾滴落下來。

方硯寒吁了一口氣，凝重的表情稍稍放鬆，促狹地說：「這座泳池兩邊的水深一百二十公分，中間水深一百五十公分，身高不及一百五十公分的話，必須找人陪游喔。」

「我有超過一百五……剛才只是嚇到……」我難堪地別開臉。難怪會踩不到底，原來這裡的水深跟我差不多高。

「妳該不會都游兒童池吧？」他偏了偏頭，笑意更深了。

「我沒有！」我氣急地搖頭，甩了他一臉的水。

「很漂亮……」

「什麼？」

「陽光落在妳的頭上……」他沒有把話說完，像是要掩飾什麼，不自在地低下頭，視線剛好停在我的胸口。

「你、你在看哪裡？」我整張臉熱了起來，一掌對他的臉壓下去。

方硯寒悶哼一聲，被我推得腳底打滑，仰頭朝後倒進水裡；而失去他的支撐，我連帶往前跌進水中，手忙腳亂地掙扎幾下，又開始搞不清楚方向了。

基於求生的本能，我情急之下睜開眼睛，忍著眼球接觸到池水的刺痛感，向四周望了望，想要辨別方位。

只見方硯寒潛伏在前方的水底，雙臂往上張開，彷彿想接住我一樣，嘴角噙著淺淺笑意。陽光穿過水面投射在池底的磁磚上，隨著水的波動，粼粼光影在他的身周蕩漾，那景象很美。

美到……像是有意色誘我。

不過，暗藏在他帥氣笑容裡的，應該是一副準備看我笑話、等著我對他投懷求救的黑心腸吧。

我踢著水游向他，在他的手臂環上我的腰時，伸手掐住他略微鼓起的雙頰。

咕嚕一聲，方硯寒露出驚訝的表情，吐了幾個泡泡出來。他抿緊雙脣，驚詫的眼神轉爲深沉，同時我的腰側被輕擰了一下，癢得我忍不住張嘴笑出來。咕嚕一聲，我也吐出嘴裡的空氣，不幸喝了一大口水。

失去空氣後，我又狼狽地胡亂划，拚命想游回水面上，而方硯寒雙腳一蹬，右臂勾住我的腰，像游魚般輕鬆帶著我鑽出水面。

「不要玩了，我好累……想休息了……」我仰躺在水面上，大口地深呼吸，腦袋因爲缺氧而昏昏沉沉的。

「就這點能耐還敢暗算我？」方硯寒冷笑，隨後以右手托著我的下巴，用救生員救溺水者的方式，慢慢把我拖回泳池邊。

望著藍天白雲，我有點哭笑不得。被他這樣救上岸實在很丟臉。

回到池邊，我慢吞吞地爬上岸，腳步虛浮地走到椰子樹下，垂頭坐在躺椅上休息。

方硯寒走過來，抓了條大浴巾蓋住我的頭，兩手按著我的頭亂揉，邊揉還邊笑，心情很好的樣子。

「我自己擦啦。」我揮開他的手，自己用浴巾擦頭髮。

方硯寒在隔壁的躺椅坐下，打開背包拿出毛巾，也擦起自己的溼髮。

我側臉偷偷看他，他右手滑著手機，左手抓著毛巾漫不經心地擦拭，肩頭和胸膛帶著水珠，那溼髮外加溼身的模樣，讓我雙頰莫名發燙。

突然，他的視線離開手機，轉頭直直對上我的目光，我的心瞬間狂跳起來，下意識撇頭，抓住浴巾的一角假裝忙著擦臉。

「蘇沄萱。」

「幹麼？」

方硯寒伸手過來，輕輕捏住我的下巴，將我的臉轉向他。

我表情緊繃，不明白他想要做什麼，而他把臉湊到我眼前，嚇得我睜大眼睛。

「妳的眼睛好紅，不會痛嗎？」他的嘴角浮現笑意。

我鬆了一口氣，原來他是在研究我的紅眼睛。

「是有點刺痛。」我眨著眼，伸手想去揉。

「不要揉。」他抓住我的手，「泳池水含有氯，會刺激到眼睛，我拿眼藥水給妳。」

從背包裡拿出眼藥水後，方硯寒問：「要不要我幫妳滴？」

「不用了，謝謝。」我接過來，視線落在他的右肩上，上面有一道大約五公分長的淺淺疤痕，「你的肩膀受傷過？」

「嗯。」他瞥了眼自己的肩頭，「我學刺客，撞破玻璃窗跳到外面去。」

「騙人！你電動打太多啊？」我壓根不信，仰頭把藥水滴進眼裡，再閉上雙眼休息。

隔了一會，詩樺學姊的聲音響起：「學妹，妳還好吧？」

睜開眼，披著溼髮的詩樺學姊就站在我面前，她半俯著身子，雙手按在大腿上，滿臉關心。這個姿勢可以一覽胸前風光，大概十個男生有九個看了都會流鼻血。

「我沒事，只是缺氧，有點累。」我尷尬地笑了笑，心想二哥如果目睹這幅景象應該會很興奮。

「抱歉，我不知道妳不會游泳，不然剛剛就陪著妳了。」她語帶歉意，輕輕勾起左邊頰側的頭髮，塞在耳後。

「學姊，我會游泳的，只是太久沒游了。」我急忙解釋，睨了旁邊一眼。

方硯寒手拿小P，卻一眨也不眨地望著學姊，好像看呆了一樣。

「學姊坐，我去上個廁所。」我跳了起來，指指自己的躺椅，然後一溜煙跑向廁所。

千萬等級豪宅的公設就是與眾不同，連廁所的裝潢也特別藝術，像五星級飯店的廁所一樣漂亮。

我站在洗手臺前照鏡子，雙眼果眞紅通通的，於是我進入廁間裡，坐在馬桶蓋上繼續閉目休息，想等個十分鐘左右再出去，讓學姊和方硯寒可以多少增進感情。

不久，兩個腳步聲走了進來。

「莓眞，那個蘇沄萱看起來宅宅的，沒想到心機這麼重，竟然假裝溺水引方硯寒去救她。」

「小敏，妳怎麼會以爲蘇沄萱很單純呢？」莓眞學姊的語氣帶點不屑，「資訊二甲全班有四十個人，聽說他們班很多男生都喜歡她，她周旋在這麼多男生之間，手段能不厲害嗎？」

「原來如此，難怪會出這麼奸詐的招數，之後再裝作身體不適的樣子，方硯寒就只能陪著她了……」

靠！最好是很多男生喜歡我。

我從小跟兩個哥哥打打鬧鬧到大，國中時因爲熱衷於電玩，也是跟男生的交情比較好，而上了高中後，身處幾乎都是男生的班級裡，也只是淪爲他們的嘴炮對象而已，男同學都把我當成哥兒們看待。

因此，我向來不太會應付其他女生的小動作，面對詩樺學姊時，我可是比男生還要手足無措，只想著怎麼閃避而已。

況且，我明明很專情，直到現在都只喜歡過香草師父一個人。

兩人的腳步聲遠去，過了一會我才開門走出廁所，回到椰子樹下時，詩樺學姊已經不見人影，只剩下方硯寒待在躺椅上玩小P。

「學姊呢？」我坐下來。

「跟莓眞去游泳了。妳不要再把她推給我，否則我會討厭她。」方硯寒的聲調很冷，好像生氣了，「而且她接近妳的動機不單純，妳感覺不出來嗎？」

「我今天第一次見到學姊，又不了解她的個性。」被他這樣責怪，我的心情有點難過。

「如果有人莫名其妙對妳很好，妳就必須提高警覺，懷疑對方是不是別有用心，不要傻傻成爲人家的棋子。」

「你對每個人都是這麼想嗎？」

「嗯。」

「你才是最需要防備的人，心機有夠深的。」我撇撇嘴。

方硯寒沒有反駁，只是低頭繼續玩小P。我雙手抱膝，默默看著大家玩水，兩個人像鬧彆扭一樣，不再說話。

意外的，我發現原來方硯寒的個性不是酷，而是不太相信別人，才會刻意與所有人保持距離。

下午三點多，大家都玩累了，於是上岸淋浴換衣服。

「這裡有桌球室、撞球室、遊戲室，你們想去哪一個？」楊楷杰問。

「我游得好累，不想再運動了。」莓眞學姊嬌嗔。

「那就去遊戲室吧，想玩遊戲或休息都行。」

「好！」

楊楷杰領著眾人來到遊戲室，室內擺了幾張方桌，可以讓大家一起下棋或玩牌，此外還有一台X遊戲機，配備了最新推出的體感器，玩家不需要拿著搖桿，只要站在電視前，體感器便會感應玩家全身的動作，可以直接運用肢體來進行遊戲。

「這台遊戲機我也有。」

「哇，是最新的體感器！」

「可以玩看看嗎？」

學長們看到遊戲機都眼睛一亮，幾個學長姊家裡也有這台遊戲機，加上體感器剛發售不久，大家對它的操控方式相當好奇。

「體感遊戲只有《大冒險》和《舞動全身》。」楊楷杰從櫃子裡拿出兩張遊戲片。

「我想玩《舞動全身》。」莓眞學姊抽走其中一張遊戲片，將光碟放進遊戲機裡，轉頭看我，「學妹很喜歡玩遊戲吧？有沒有玩過這個？」

「我還沒玩過體感遊戲。」我搖頭。

「要不要跟我一起玩？」

「好啊！」我躍躍欲試，走到她的旁邊。

《舞動全身》是一款跳舞遊戲，遊玩方式很簡單，玩家只要跟著遊戲角色跳舞，跳完系統會自動評分。

莓眞學姊挑了首英文歌，當音樂響起，我才知道這是快節奏的歌曲。

我跟著螢幕上的角色舞動身軀，因爲是第一次玩，加上節奏太快，我的肢體動作十分僵硬，像在跳大會操一樣，很多動作都來不及反應，跳得彆扭無比又搖搖晃晃，雙腳還打結差點絆倒自己。

反觀莓眞學姊，她的動作跟遊戲角色一樣，肢體呈現非常曼妙，拍點抓得很準。能夠一開始就選快歌，跳舞的過程中還幾乎沒有出錯，我想，她應該早就接觸過這款遊戲了。

許多人發出讚嘆和輕笑聲，大概是讚嘆莓眞學姊的舞姿賞心悅目，笑我跳得跟猴子一樣滑稽吧。

一曲結束，大家拍手叫好，莓眞學姊果然拿到很高的分數。她瞥了詩樺學姊一眼，露出得意的表情，好像是在替詩樺學姊給我下馬威。

我也拍著手，走到方硯寒身邊。輸在自己不熟悉的遊戲上，其實沒什麼好鬱悶的，所以我並不在意。

緊接著由詩樺學姊和小敏學姊下場，兩人挑了慢歌，跳舞的姿態性感又撩人，同樣奪得很高的分數。

「我第一次玩跳舞的遊戲，眞的好緊張。」詩樺學姊害羞地笑。

「第一次玩就跳得比遊戲咖還好，妳應該很有天分！」莓眞學姊大聲誇讚，斜斜瞄了我一眼。

方硯寒忍不住打破沉默，低頭在我耳邊小聲說：「莓眞和詩樺常常擔任美容科和服裝科的走秀模特兒，兩人都學過跳舞，玩跳舞遊戲自然很快就能上手，但跳舞不是妳的強項，她們明顯是故意找妳的碴，難道妳不能分辨嗎？」

「我只是想試玩體感器，考慮要不要買而已。」我聳聳肩。

方硯寒不再說話，眼底隱含若有似無的怒氣。

後來，學姊們又連玩了幾場，幾個學長叫嚷起來：「該換人玩了吧，有沒有別的遊戲？不要跳舞的。」

「格鬥的可以嗎？」楊楷杰問。

「格鬥好！」

在遊戲機的市場裡，格鬥是經典的遊戲類型，只要是擁有遊戲機的人，大部分都必備一片。

楊楷杰將遊戲換成《生存格鬥4》，學長們個個顯得十分興奮，急著要學姊們從電視螢幕前讓開。

遊戲開始，看到遊戲裡身材極好、穿著裸露的漂亮女角，戰鬥中會乳搖，戰敗時會趴在地上發出令人遐想的喘息，學長們簡直嗨翻天了，氣氛比學姊們跳舞時更加熱烈。

「這遊戲玩起來好色情。」詩樺學姊搖頭。

「那些女角的身材根本是金剛芭比，拜託！你們能不能玩有深度一點的遊戲呀？」小敏學姊批評。

「這麼無腦的遊戲，只是打來打去而已，有什麼好激動的？」莓眞學姊不屑地輕嗤。

她們的反應讓我忍俊不禁，因爲見到光著上身的男角露出精實的胸肌和腹肌，搭配那完美的顏值，再加上戰鬥時的力與美，我心裡同樣很興奮，只是不敢表現在臉上。

「會長，我可以跟你對打嗎？」手癢的我向實力最強、還沒輸過的楊楷杰邀戰。

「哇塞！學妹單挑學長耶！」學長們起鬨。

「來吧，學長會好好地疼、愛、妳。」楊楷杰正在興頭上，毫不猶豫地接下挑戰。

我們一起站到電視機前面，手裡握著搖桿，展開對戰。

畫面倏地轉換，場景是施工中的工地裡，蓋了一半的鋼筋水泥大樓前擺著三角錐，鋼樑上掛著「安全第一」的告示牌。

格鬥開始，我和楊楷杰都採取速攻，彼此的角色同時出拳，時間一秒不差。

兩拳在空中相擊，震得我們各自倒退一步，我迅速揮出第二拳，而楊楷杰的第二拳也分秒不差地襲來，第二拳再度相擊，震得我們又倒退一步。

由於前兩拳都被擋下，我馬上向後跳開，楊楷杰的腿果眞從我的身下掃過。

掃腿後需要起身才能使出下一招，於是我抓住他起身時的斷招點，雙手撐地，一個側翻雙腿踹向他的頭。

見自己操控的角色被踹得倒退幾步，楊楷杰的眼裡滿是驚詫，不過仍矮身閃過我的下一拳，我一擊落空，他趁隙出拳打中我的腹部。

我被打得踉蹌倒退，沒想到他跟著後退，故意拉開雙方的距離，採取防備姿態，被動地等待我的進攻，不再主動出擊。

如此一來，當我要進攻前，便必須先跑向他，把距離拉近到攻擊範圍內，才能對他施展拳或腳的攻擊。

可是每當我衝向楊楷杰，他就會飛身側踢將我踢回去，接著又迅速後撤拉開距離。飛身側踢的攻擊距離最長，令我一時無法近身，接連幾次被楊楷杰踢飛。

「原來學長是龜縮流派的。」我脣角微微勾起，再一次衝向他，卻只跑了五步就刹住腳步。

同時，楊楷杰的腳尖刷地掃過我的鼻尖，他沒料到這一踢會落空，臉上閃過一絲驚愣，而我已經貼近他的身子。

「學長，接招！」我幾個拳腳落在他身上，再施展抓技抓住他，連打帶摔、連摔帶撞、連撞帶踩，將楊楷杰迅速解決。

「楷杰，你怎麼會輸？」莓眞學姊緊張地喊。

「學妹，妳個頭這麼小，打起架卻那麼凶悍。」楊楷杰一臉微妙看著我。

「學長承讓了。」我抿嘴一笑。

「我來！我才不信打不贏女生。」另一位學長跳出來。

和學長們的車輪戰就此展開，楊楷杰也插隊再跟我打了兩場，不過他們全都被我一一打爆。因爲連敗的緣故，男生們的情緒越來越躁動，女生們卻是靜悄悄一片，莓眞學姊甚至沉著臉瞪我。

打到第十場，楊楷杰第三度插隊想跟我對戰，被方硯寒伸手阻止了：「夠了，論格鬥遊戲，你們應該沒有人可以打贏她。」

「這麼多人還打不贏一個小學妹，實在太丟臉了！」楊楷杰十分不甘心，忽然伸手勾住方硯寒的脖子，「小寒寒，憑你的實力可以打贏她吧？」

「我專攻暗殺。」方硯寒搖搖頭。

「可是這幾天，你說你都在練格鬥……」楊楷杰恍然想到什麼，來回看著我們兩個，「你是爲了跟她對戰才練功的吧？」

方硯寒不否認。

「那這個任務交給你了，你一定要守住男人的面子。」楊楷杰把搖桿塞給方硯寒。

「方硯寒，我們的面子靠你了！」其他學長跟著起鬨。

「會長，我天天跟他對打喔。」我說，表示方硯寒也打不贏我。

「蘇沄萱，我還是有辦法贏妳的。」方硯寒認眞地注視我。

「是嗎？」

「妳不信？」

「非常存疑。」

「那麼我們來打個賭，讓這場對戰變得更有趣。」他的眼神深了深。

「賭什麼？」我不意外他會提出賭約，這傢伙從來不肯老老實實。

「賭……」方硯寒想了幾秒，「輸的人要請贏的人吃一客西堤牛排。」

「沒問題。」我暗自鬆了一口氣，沒想到他會開出正常的條件。

「等等！」楊楷杰不滿意地擺擺雙手，「請西堤太沒意思了，根本不痛不癢，既然要賭，就要賭大一點。」

「對呀，這攸關大家的面子，當然要賭個大的。」其他學長附和。

我咬住下脣，心裡覺得不太妙。不知道這群玩咖會想出什麼難題？

「那就賭……」楊楷杰的嘴角揚起壞笑，「輸的人要親贏的人臉頰十秒。」

「什麼？我才不要親他。」我倒退一步。

「所以這是懲罰呀。」楊楷杰噗哧一笑。

「可是就算我贏了，我也不想被他親啊。」

「那麼，贏的人如果不想被親，也可以指定輸的人去親別人。」楊楷杰指指在場所有人，接著環顧四周，「親物品也行，例如……親那個豬雕像的屁股十秒。」

大家順著他指的方向望去，遊戲室的窗臺邊擺了一座豬的木雕，圓圓的屁股翹得高高的。

「哈哈哈……親豬屁股好！」學長姊們大笑。

「好！絕對讓你去親豬屁股。」我自信滿滿地對方硯寒說。

方硯寒嘴角噙著若有似無的笑意，凝視我的眼神更加深沉，比以往還要難以捉摸。

「搶二，場景隨機。」我不打算多想，回頭看著電視螢幕。

「了解。」他回應。

畫面一轉，場景來到歐洲的宮殿裡，四邊是落地式的玻璃窗，大廳內的裝潢相當華美，擺了許多雕像和各種藝術品。

格鬥開始。

方硯寒率先進攻，一看到他的出招，我差點要翻白眼，又是他平常使來使去的那幾招。

那幾招接續得不太好，中間會有一個明顯的斷點，很容易反擊回去，我之前向他建議過，可是他好像特別鐘愛這幾個招式，死都不肯調整。

我意興闌珊地抵擋他的進攻，當斷招點出現時，我幾乎毫不思考就切入反擊，發動究極必殺技將他壓制在玻璃窗上狂打。

轟！玻璃窗被震碎。

方硯寒的角色被我踹出窗外，伴隨著天女散花般的碎玻璃，從宮殿的三樓墜落到二樓陽臺，血條歸零。

「小寒寒，你會不會死得太快了？」楊楷杰差點昏倒，顯然沒想到這場會輸得這麼快。

「你搞屁呀？我都撐得比你久。」另一個學長說，其他學長也紛紛吐槽。

方硯寒神情靜如止水，絲毫不被周圍的奚落影響。

第二場格鬥開始，場景在宮殿二樓的陽臺上，陽臺前有道長長的階梯，往下延伸到一樓的庭院裡。

方硯寒又以相同的招式進攻，當我一掌切進他的斷招處，他忽然收招攫住我的手腕，腳步一旋，順著我的身側轉到我背後，右手臂一個肘擊，狠狠地敲上我的後腦。

不妙！被反擊了！

而且這招還附帶暈眩的效果。

我的角色因爲暈眩而無法施展任何動作，整個人腿軟跪下，再往前趴倒在地。

方硯寒抓住這個瞬間，發動必殺技將我抓起來狂打，再猛力踹開我，我的角色在地上翻滾，直到撞到陽臺欄杆才停住。

我掙扎著從地上爬起，還來不及站穩，方硯寒的第二波進攻便襲來。

還是他平常慣用的那幾組套路，當招式中的破綻出現，我下意識地又一拳切進去，他再次旋身閃到我背後，右手臂使出肘擊敲中我的後腦。

我的角色陷入暈眩，被他從背後打得無力招架。背部是最難防禦的地方，被打中的話，傷害值會比正面進攻高，我連吞了他兩記必殺技，血條歸零。

「小寒寒，我就知道你可以！」

「再一場、再一場！你一定要扳回男人的面子！」

楊楷杰高聲歡呼，跟學長們互相擊掌。

我轉頭盯著方硯寒，輕笑一聲：「你每天晚上跟我演練招式時，其中的斷招破綻是故意暴露給我看的？」

方硯寒靜了幾秒，坦白承認：「妳的破綻很少，憑我現在的實力還不能對付，所以我乾脆自己製造破綻，只要妳跳進我的陷阱，這就會變成我最好的回擊機會。」

原來，他的破綻全是陷阱。

方硯寒故意引誘我看準他的斷招點攻擊，將我用來反擊的招式記下後，再破解我的反擊。爲了讓我確實跳進陷阱裡，他花了一個多星期醞釀這個計畫，每天晚上反覆跟我對戰，讓我養成習慣。

我頓時覺得心寒，想到這段時間以來，每天都被他這樣算計著，隱隱有種受傷的感覺。

第三場格鬥開始，整間遊戲室鴉雀無聲，每個人都緊盯著電視螢幕。

我聚精會神採取猛攻，方硯寒恢復成隨心所欲的出招方式，不時混雜幾個陷阱招。每當遇到這樣的情況，我的手指都會不自覺地微僵一下，阻止自己落進他的陷阱裡。

然而高手相爭時，連一秒的遲疑都不能有。

我的出招節奏被他打亂，就在兩人的血量雙雙見底，再幾招便會分出勝負時，方硯寒一個打滾，把我引到樓梯邊，施展摔技並觸發場景陷阱。

他按住我的頭，將我整個人壓制在地，像溜滑梯一樣，從樓梯頂端一階階拽下去，這殘暴的景象讓學長們的歡呼聲越來越高，還沒拖到樓梯底端，我殘餘的血條就耗完了。

KO！

我的思緒一片空白，只是呆呆望著電視。

「小寒寒，眞有你的！」楊楷杰勾住方硯寒的肩。

「太精彩了！總算替大家爭回面子。」學長們個個開心地鼓掌。

「學妹之前那麼厲害，不會是想親方硯寒的臉，才故意打輸的吧？」莓眞學姊冷笑。

「換成是我，我也要打輸。」小敏學姊附和。

「我不是故意輸的！」我轉頭看她們，不知該如何解釋自己戰敗的原因。

「玩遊戲跟比賽一樣，沒有人會服輸的，我想學妹應該沒有放水。」詩樺學姊竟然跳出來幫我說話。

「沒錯，不是妳們想的那樣。」方硯寒站到我身邊，向大家說明，「是我用了一些方式擾亂她，她現在可是臺灣區格鬥榜第四十八名，而我連百名內都打不進，我的實力並不如她。」

聽到方硯寒報出我的排名，我卻輸了他，我的內心不禁燃起一把火。

「勝負已定，輸家要親豬屁股。」楊楷杰領著眾人拍手起鬨，「豬屁股、豬屁股、豬屁股……」

我緊握雙拳走向豬雕像，心裡充滿屈辱感。

「蘇沄萱！」方硯寒急忙叫住我，「我沒有要讓妳去親豬屁股。」

「我要親豬屁股。」

「我不准！」

眾人嘩的一聲，氛氛高漲了起來：「親臉頰、親臉頰、親臉頰……」

一股熱氣湧至我的頭頂，我想我的臉應該徹底紅了，但這個紅是氣炸的紅，而不是害羞的紅。如果現在有人在我手裡塞進一把刀，我大概會把方硯寒大卸八塊。

「願賭服輸。」我冷笑了聲，轉身回到方硯寒面前，伸手一揪他的衣領，用力將他的頭拉低。

「對不……」方硯寒的眼底滿是歉意。

我不想聽他的道歉，逕自雙手環住他的頸子，踮起腳尖，輕輕吻上他的左頰，感覺他的身體瞬間僵住。

「耶！一、二、三、四……」

當大家數到十的時候，我鬆開手，拎起背包甩到肩上，轉身朝大門走。

西悅的門口有公車站，我站在那裡等車。方硯寒知道我生氣了，只是默默待在我身後，直到我搭上公車，我們都沒有再說過一句話。

第七章　承認心動

後來，我把方硯寒給「靜音」了，他在遊戲裡暫時無法跟我說話。

我知道這麼做很沒風度，可是只要一想到被他設計的事，心裡的怒氣就無法平息。

隔週的星期日下午，我帶著工具包和一盤水果布丁，跟著二哥來到頂樓。

按下電鈴，大門緩緩打開，溫亦霄穿得休閒，前額的劉海放下來，加上斯文的眼鏡，模樣十分居家，跟上班時的雅痞感不同。

「師父，請享用。」我遞出水果布丁。

溫亦霄伸手接過布丁，神情雖依然淡漠，但是眼神很柔和。

我脫下鞋子走進小客廳，看到窗邊的長桌擺了許多電腦零件，「師父，這台電腦是要組給誰的？」

「公司的業務部剛好需要一台新電腦，我就把零件帶回來了。妳來組裝。」

「溫大哥，我妹妹的腦筋不太靈光，我在這裡幫她旁聽。」二哥在沙發上坐下，掏出手機準備玩遊戲。

「你隨意坐，沄萱其實很聰明的。」溫亦霄似乎明白二哥是來監視他的。

「有沒有聽到？師父說我很聰明。」我對二哥扮鬼臉，還溫大哥哩，叫得那麼親熱。

我打開工具包，拿出螺絲起子開始組裝電腦，溫亦霄坐在旁邊看著，一邊教導我在組裝中必須注意哪些事項。

組好電腦，我把程式灌進硬碟，忍不住嘀咕：「組電腦比烤肉游泳好玩……」

「上星期玩得不開心嗎？」溫亦霄問。

「只是……發生了一點不愉快的事。」我有些詫異，沒料到他會主動關心。

「什麼事？」二哥好奇追問。

「跟遊戲有關的事。」

「妳該不會跟朋友打電動打輸了，心裡很不爽吧？」果然是二哥，非常了解我。

「遊戲裡的勝敗，何必介意呢？」溫亦霄淡淡說。

「溫大哥，她就是會介意。」二哥壞心地爆我的料，「我妹小六的時候，在網路上拜了一位叫Vanilla的格鬥魔人當師父，後來Vanilla離開遊戲了，但是我妹對他念念不忘，從國中就開始打格鬥榜，說要代替師父站在擂臺上。」

「蘇嘉鴻，你嘴巴很大耶！」我轉頭瞪二哥。

「我妹拚命地練功，從國中練到高中，不久前終於打進臺灣區格鬥榜前五十強，排名第四十八喔。」

溫亦霄看著我，平靜的眼神裡閃過一絲異樣。

我知道遊戲對他而言，只是浪費時間的東西，他用那種眼神看著我，就好像是覺得比起課業，我更重視遊戲，而這種行爲是本末倒置的，讓我心裡無比羞慚。

「哥！你出去啦，你不講話會死喔？」我跺腳。

「我妹還笨到喜歡上Vanilla……」

「你更笨好不好？你以前喜歡上人妖，更蠢到花了好幾萬元，儲值給他抽寶箱。」

「那種事我早就忘光了，只有妳還念念不忘妳的師父。」

「你管我！我就是喜歡師父，非常非常喜歡，不行嗎？」我抓起零件的空盒子，氣呼呼地朝二哥丟過去。

二哥手忙腳亂地接住盒子，咧嘴哈哈大笑，我回頭抓起另一個盒子想再丟他，卻發現溫亦霄低著頭，右手輕輕掩嘴，像在沉思的樣子。

「啊！」一股熱氣直衝頭頂，我慌張地搖手，「師父……我不是說你，我是說以前遊戲裡的師父，我喜歡的是Vanilla……」

「我知道。」溫亦霄沒有看我，只是起身走到餐櫃前，拿出咖啡壺泡咖啡。

糗死了！師父長師父短的，這樣好像在對溫亦霄亂告白，他一定感到很困擾吧？

「臭二哥，你滾出去啦！不要妨礙我學習。」我把二哥趕出門。

關上大門，耳根總算清靜了，我回到溫亦霄身邊，他拿著一把小刀，正在切一條瘦瘦長長的黑色豆莢。

「師父，這是什麼？」我好奇地端詳。

「香草莢。」

「這就是香草？」

「這是香莢蘭的豆莢，是天然香草。」溫亦霄將香草莢遞到我的鼻子下。

「好好聞的味道，跟以前聞過的香草味不太一樣。」濃郁的甜香撲鼻而來，我驚奇不已，沒想到天然香草是這個模樣。

「根據統計，百分之九十五的香草調味產品，都是用人工香料製成的。」溫亦霄一邊說明，一邊把豆莢切開，豆莢裡面露出滿滿的細小黑籽，「這是香草的種子，是香草莢的精華。」

我用指尖捏起一點點種子，湊到鼻尖前面，聞到更加濃郁的甜香，於是忍不住舔舔手指。剛開始味道微苦，可是很快轉苦爲甘，在舌尖留下香香甜甜的餘韻。

「在咖啡裡加一小截香草莢的話，即使不放糖，喝起來也會帶點甜味。」溫亦霄拿起剛剛切下的那截香草莢，放進剛煮好的咖啡裡。

「師父不喜歡喝黑咖啡？」

「我不喜歡加糖的味道。」

我低頭偷笑，師父應該是怕苦，不喜歡黑咖啡，但也不喜歡加糖，才以香草來調味。

我又聞聞手指，指尖還縈繞著香草的香氣，因爲不是難聞的味道，所以我不會特別想用水洗掉。這時，我想起被強迫推銷那天，曾在溫亦霄的領帶上聞到同樣的香味，大概是他切過香草莢後，接著去別領帶夾，才會令香草的氣味留在領帶上吧。

咖啡慢慢散發出香草香，溫亦霄倒了杯給我。

「師父，你可以搭配著布丁，咖啡喝起來就不會那麼苦了。」我伸手接過，指指擺在旁邊的水果布丁。

溫亦霄看看水果布丁，從玻璃罐裡拿出三條香草莢剖開，再用湯匙將香草籽全部刮下來，裝在一個小夾鍊袋裡。

「給妳，把香草籽加入布丁液，就會變成香草布丁了。」他把夾鍊袋交給我。

「謝謝師父！下星期我再做給你吃。」我欣喜地接過夾鏈袋。

溫亦霄注視著我的笑臉，眼神變得很柔和，嘴角微揚。

我喝了一口咖啡，覺得自己已經愛上天然香草的味道，再也不能接受人工香料了。

回到電腦前，我把咖啡杯擱在一邊，右手摸到機殼的邊角時，突然被某種尖銳的東西刺了一下。我縮回手，低頭查看，上面並沒有刺人的東西。

「嗯？好奇怪……」我碰了碰邊角，再度被刺了一下。

「怎麼了？」溫亦霄走過來。

「我的手被機殼刺到了，可是上面沒有刺刺的東西。」我又伸指想去摸邊角。

溫亦霄抓住我的手，「妳被靜電電到了。」

「靜電？」

「嗯，下次帶拖鞋來，不要打赤腳。」

「原來如此。」我看著自己光溜溜的雙腳，回想靜電的原理。

溫亦霄放開我的手，坐下來打開筆電，邊喝咖啡邊瀏覽網頁。我也隨後坐到椅子上，抬起雙腳踩在椅腳之間的橫桿，阻止電荷從腳轉移到地上，這樣就不會被電到了。

小客廳裡變得很安靜，充滿了香草咖啡的香氣，還有電腦主機的風扇運轉聲。午後的陽光從窗外照進來，斜斜打在前方桌面，隱約能看見微小的塵埃在光線裡飄舞。

盯著螢幕上的進度條，我想起剛才被溫亦霄握著手的情景，心臟又撲通撲通狂跳起來，好像有點不能呼吸。

突然，溫亦霄的手機響了，他瞥了眼來電顯示，拿起手機走進房間，似乎不想讓我聽見通話內容。

我喝了口咖啡，悄悄走到溫亦霄的筆電前面，螢幕保護程式是一張美國大峽谷的風景照。我很好奇他剛才在看什麼網頁，忍不住伸指點了下滑鼠。

螢幕保護程式跳開，登入電腦的頁面出現，看來他的習慣很好，離開座位時就會將使用者帳戶登出。

隔了片刻，溫亦霄講完電話走出房間，重新在筆電前坐下，忽然問：「沄萱，妳為什麼要碰我的筆電？」

我心頭一驚，慌亂地看向筆電螢幕，上面依舊掛著螢幕保護程式，滑鼠也沒移動，一切跟他離開時沒有兩樣，我不明白他怎麼知道我動過筆電。

「我……我只是有點好奇師父在看什麼網頁。」我囁嚅地回答。

「以後不可以隨便碰我的電腦。」

「對不起！我下次不敢了。」我低頭道歉，心情沉進谷底，「師父……你怎麼知道我碰過筆電？」

溫亦霄拿出手機對著我，畫面中竟然是我的臉部特寫照片，那角度看起來正是在筆電前面，應該是被筆電的視訊鏡頭拍攝下來的。

媽呀！罪證確鑿。

「爲什麼？」我嚇得從椅子上跳起來，雙手摀著臉，臉頰燙到都可以煎蛋了。

「我的筆電裝了防盜軟體，只要我不在時有人擅自動過，視訊鏡頭就會自動拍照傳到我的手機裡。」

「師父，對不起、對不起！」我的眼圈發酸，很怕他一怒與我解除師徒關係。

「我沒生氣，不過沒有下次喔。」

「是！我知道了。」

我坐回電腦前，沮喪地看著進度條。幸好我誠實招認了，要是我嘴硬說了謊話，事情不知道會演變成怎樣。師父不愧是暗界大魔王，一點小動作都逃不過他的法眼。

「然後呢？」溫亦霄語氣溫和，似乎想轉移話題。

「什麼然後？」我心虛地偷瞄他。

「烤肉那天，妳玩電動被人打敗了？」

「喔……那天的情形是，我有個認識的網友叫做冷硯，他很喜歡玩暗殺遊戲……」我把認識方硯寒的經過，從小六在PK賽那天見到他開始，到國二斷了聯繫，然後今年暑假再次相遇，以及打電動被他暗算的事，全都說明一遍。

「很聰明的男生。」溫亦霄聽完，語氣居然帶著讚賞，「挺有當駭客的潛力，他的做法像是找不到入侵點，就自己種一支木馬進去。」

「師父，你怎麼可以誇獎他？」

「我說的是事實。」

「可是冷硯的手段太卑鄙了。」我癟著嘴嘟囔，「如果遊戲裡的香草師父還在，他一定會幫我報仇的。」

「他……不會幫妳報仇喔，妳要靠自己打贏冷硯。」

「什麼？」我歪頭看他。

溫亦霄盯著筆電螢幕，嘴角含著極淺的微笑，意識到我在注視他後，他不自在地輕咳一聲：「我是指，他已經離開遊戲，無法幫妳報仇了。不過我很好奇，妳有沒有問過冷硯，那個方法是他想出來的嗎？」

「沒有，我氣都氣死了，根本不想跟他多說話。」

「不想問清楚嗎？」

「不想。」我雙手抱胸，負氣地別開臉，「冷硯不相信任何人，他說話總是夾帶謊言，讓人分不清真假，什麼被綁架了才跟我失聯、曾經撞破玻璃窗跳出去，不管是在現實或遊戲裡，他老把我耍得團團轉，完全不曾把我當朋友。」

「妳說……冷硯的本名姓方，父母都是醫生嗎？」

「嗯。」

溫亦霄敲打鍵盤輸入了什麼，隔了一會，他把筆電螢幕轉向我：「沄萱，綁架的新聞其實不常見，只要幾個關鍵字就可以找到特定報導，妳讀一下這則新聞。」

我仔細看著畫面，新聞的日期是兩年前的六月初，內文大意寫著：

某大醫院的方姓醫生，其就讀國三的小兒子被曾經擔任過其補習班助教的二十多歲男子綁架。嫌犯在補習班任職半年，跟學生們關係良好，方姓國中生和同學到嫌犯家玩過。嫌犯離職後，因爲簽賭欠債而心生歹念，便夥同弟弟綁架方姓國中生，將其拘禁在一處民宅裡，勒贖兩千萬元。

幸好方姓國中生趁著嫌犯外出時，自行掙脫綑綁手腕的膠帶，打破二樓的玻璃窗逃出去，向附近的居民求救，這才脫險。

「我想，冷硯沒有騙妳，他曾被信任的人所傷害。」溫亦霄下了結論。

我很震驚，如果新聞裡的國中生確實是方硯寒，就能解釋他爲何那麼防備他人了。

「跟冷硯好好相處吧，他應該很信任妳，才會跟妳提那些事，否則經歷過那種創傷的人，通常應該是連提都不想提的。」

「好……我晚上會跟他和好的。」我忽然同情起方硯寒。

灌完程式，溫亦霄開始教我優化系統，短短一個下午，我學到很多老師在課堂上沒教過的東西，度過了相當充實的時光。

傍晚六點，門鈴響了，溫亦霄起身打開大門。

「溫大哥，我大哥邀請你跟我們一起吃晚飯。」二哥站在門外，臉上掛著燦笑。

「謝謝，不用了。」溫亦霄搖搖頭。

「我們多煮了飯菜，我大哥說當成澐萱的學費，你不用客氣啦。」二哥盛情邀約。

「這……」溫亦霄面有難色。

「師父，走嘛！大家一起吃飯，飯菜吃起來會比較香喔。」我帶上工具包，伸手推著溫亦霄的背。

二哥也拉住溫亦霄的手臂，我們一前一後將他「挾持」下樓，進到家門裡。

「溫大哥，坐吧，都是簡單的家常菜而已。」大哥正在擺碗筷，身上還穿著圍裙。

「師父，坐。」我把溫亦霄推到餐桌前，幫他拉開一張椅子。

「謝謝。」溫亦霄只得坐下來。

我拉開旁邊的椅子入座，大哥解下圍裙，跟二哥坐在對面，四個人一同開動。

我扒了兩口飯，而溫亦霄手裡捧著碗，眼神略顯恍惚，對著面前的菜餚發呆。

二哥拿筷子在他眼前揮了揮，笑問：「溫大哥，你看菜就會飽了嗎？」

「不。」溫亦霄回過神，忍俊不禁地揚起嘴角，「是菜看起來很好吃。」

「好吃就多吃些吧，捨不得吃的話，做菜的人會不開心的。」大哥調侃。

溫亦霄抿嘴一笑，終於伸出筷子夾菜，優雅地吃起來。

我一邊吃著飯，偷偷觀察溫亦霄都夾些什麼菜，發現他連添了好幾次紅蘿蔔炒蛋。

「師父，你喜歡吃紅蘿蔔吧？要不要多吃點？」我把紅蘿蔔炒蛋的盤子移到他前面。

「溫大哥，你不要上了澐萱的當，她討厭吃紅蘿蔔。」大哥吐槽我。

「才不是！我是因爲看到師父夾了很多次紅蘿蔔。」

「紅蘿蔔富含營養，女孩子要多吃。」溫亦霄拿起湯匙，舀了一匙紅蘿蔔炒蛋給我。

大哥忍著笑，我鼓著臉頰瞪他一眼，無奈地將師父幫我添的紅蘿蔔炒蛋吃掉，有些意外地覺得，紅蘿蔔似乎沒有以前那麼難吃了。

「溫大哥的家人都住在哪裡？」二哥大剌剌地問，也不怕人家不想說。

溫亦霄沉默了一下，淡淡回答：「我父母都不在了，底下有個妹妹，不久前剛結婚。因爲妹妹搬出去了，我自己不需要住到大公寓，才會把原本的房子退租，搬到離公司近一點的地方。」

「原來如此。既然你都住在這裡了，不如以後大家就一起吃晚餐吧。」大哥微笑。

「對呀，我爸媽常常寄蔬果來，你可以幫忙吃一點，不然吃不完很傷腦筋的。」二哥一向愛熱鬧，立刻附和。

溫亦霄笑而不語，沒有答應，也沒有拒絕。

「溫大哥，你大學畢業後在哪裡當兵？」大哥忽然問。

我聽大哥說過，想要跟男性客戶拉近距離，有一種方式就是聊當兵。因爲當兵的生活很操，大家一起努力、一起挨罵、一起混水摸魚，是男人一輩子都忘不掉的回憶。

「在成功嶺新訓。」這個話題似乎沒有挑起溫亦霄的興致。

「那新訓完，下部隊的單位在哪裡？」

溫亦霄沒回答，只是慢慢喝了一口湯。

瞧他不想回話，大哥只好改口問：「沄萱，聽說妳電動打輸了，心情不好？」

「二哥，你很多嘴。」我瞪了二哥一眼。

「是打輸誰呀？」

「打輸冷硯。」

「冷硯？」二哥差點噴飯，「以前那個刺客？妳跟他什麼時候又見面了？」

「我們暑假意外在火車上遇見，他竟然是我同校的學長……」我把重遇方硯寒的經過說明一遍，不過省略了撞到他的頭的情節。

「這也太巧了吧，下次帶他來家裡跟我玩《忍殺》！」二哥興沖沖地說。

「你們都認識沄萱遊戲裡的戰友？」溫亦霄插口。

「嗯，以前有個網站叫御夢幻境，沄萱那幾個很要好的戰友，以及她的師父Vanilla，都是我們在那個網站的論壇先認識的，當時大家常在上面討論遊戲。」大哥解釋。

「她那時候超花痴的，每天晚上都會跑到我大哥的房間，借他的電腦上網看Vanilla打電動的影片。」二哥這個大嘴巴又開始破壞我的形象。

我忍不住拍桌，衝著二哥嚷嚷：「Vanilla就是我的偶像！我的初戀！誰像你不敢承認你的初戀是個人妖。」

溫亦霄嗆咳了一下，咳到臉頰有些泛紅：「咳，抱歉……我沒事……你們繼續聊，咳咳……」

「女孩子家拍什麼桌？妳看看，把溫大哥嚇到了。」二哥抽了張面紙遞給溫亦霄。

「你不要再鬧妹妹了。」大哥搖頭嘆氣，伸手一拍二哥的後腦，「溫大哥，我家這兩個眞的很吵，你可以想成是貓狗在打架，不要太介意。」

「不會，你們兄妹的感情眞好。」溫亦霄拿面紙擦嘴，又輕聲笑了起來。

我第一次聽到溫亦霄笑出聲音，那彎彎的眼睛閃著柔和光采，嘴角自然上揚著，露出潔白的牙齒，溫暖純淨的笑臉眞是好看極了。

多希望他能天天這般笑著，而不是掛著疏離又淡漠的表情。

吃完飯，我負責洗碗筷，溫亦霄待了一會便上樓了。

洗完澡回到房間，我開啟遊戲機，解除對方硯寒的靜音。

他正在線上，並沒有馬上加我語音，我躊躇了半晌才硬著頭皮邀他私聊。

「方硯寒，我想問你一個問題。」我率先開口。

「什麼問題？」方硯寒酷酷地問。

「你故意露出破綻讓我上當，這是你自己想出來的計謀嗎？」

「是我自己想的，不過我是從香草殿下那裡找到靈感的。」

「師父？爲什麼？」我十分訝異，沒想到方硯寒的策略跟師父有關。

「殿下以前告訴我，他不喜歡挑對手的弱點打，他喜歡挑戰對方的強項，這樣可以刺激自己成長，這是他登上格鬥頂峰的祕訣。」方硯寒說。

「師父不曾跟我說過這段話。」我仔細回想了一下。

「因爲我喜歡來暗的，老是鑽遊戲的小漏洞，殿下才會那樣告誡我。」方硯寒不好意思地笑了笑，「當時我不太了解那句話的意思，只是記下來而已，也沒有特別放在心上。直到最近，我跟妳對戰了不少次，發現妳專挑我的弱點打，我才想起那段話。」

「你出招的弱點很明顯，我當然會挑你的弱點打。」

「我就是注意到這點，才會逆向思考，想出設計破綻的方法。」方硯寒頓了頓，語氣轉爲低落，「直到妳中計……我才領悟了殿下那句話的意思。」

「什麼意思啦？」我又羞又氣，還是恨不得宰了他。

「殿下是指，他不會只挑對手的弱點打，因爲越是高段的對手，弱點相對越少。所以，如果妳侷限於進攻弱點才能贏，那麼……妳可能會一直停留在第四十八名。」

方硯寒的一番話，讓我有種被當頭棒喝的感覺。原來，這就是師父跟我的最大差別。師父遇強則強，在對戰中持續成長，而我習慣攻擊對手的弱點，遇到比我更高段、弱點不明顯的對手時，便容易落居下風，才會原地停滯不前。

「方硯寒，謝謝你告訴我這件事。」我心裡感慨萬千，突然好想念香草師父。

「妳……不生我的氣了？」方硯寒遲疑地問。

「那一戰讓我收獲很多，現在已經不氣了。」

「對不起，我不該那樣設計妳。」方硯寒的語氣更加低落，「當時看到妳露出受傷的表情，我眞的很難過。」

「你不用自責……」

「妳以爲我會這樣想嗎？」他打斷我的話，語調上揚，變回欠揍的抖S，「那妳就錯了，其實看到妳掉進我設下的陷阱裡，打得戰戰兢兢，我心裡眞是開心極了！尤其是推倒妳這個大魔王的剎那，爽度整個爆表！哈哈哈……」

「你這混蛋，我眞想一掌斃了你！」我從牙縫裡擠出這句話，完全可以想像，方硯寒肯定是一副睥睨人的神情，嘴角掛著得意的冷笑，「我再問你一個問題。」

「什麼問題？」他還在笑。

「你說國三考完試，你的遊戲機壞掉了，才會跟我斷了聯絡，這是眞的嗎？」

耳機裡的笑聲消失，靜到讓我以爲方硯寒下線了，但他的上線狀態燈號還亮著。

隔了好半晌，方硯寒輕咳一聲，帶著笑說：「我在考前衝刺班裡認識了一個人，下課時常常跟他聊遊戲，後來大考完，我在路上又遇到他，他說要跟我交換遊戲片，我就搭上他的車……可是他騙了我。」

說到這裡，方硯寒停頓了，我試探著問：「那個人……是不是你的補習班助教？」

方硯寒驀地倒抽一口氣，呼吸聲變得急促起來。

「你怎麼了？」我被他的反應嚇到了。

「嚇我一跳！妳不要突然說出來。」他的聲音緊繃，「是楊楷杰跟妳說的嗎？」

「爲什麼提到前會長？」

「他是我表哥，學校裡只有他知道那件事。」

「啊？」我腦袋抽了一下，「所以……他媽媽就是你阿姨？」

「嗯。」

「你平常上學時住在他家？」我想起那棟豪宅。

「嗯，不過我跟他都是分開上學，這層關係沒有公開。」

「我想……不公開確實比較好。」前會長太受矚目了，而方硯寒似乎習慣低調，「那你肩頭的傷……」

「當時我把窗玻璃打破後，跳到外面的採光罩上，不小心被窗框邊緣的尖銳玻璃割傷了。」

「一定很痛吧？」

「我整個心思都放在該怎麼逃出去，反而不覺得痛，之後警察趕來，把我帶上救護車時，我才有了痛覺。」

我想，那時的他一定十分恐懼，以致連疼痛都感覺不到。

「那件事過後，我有天晚上做噩夢醒來，就發狂把房間裡的東西全砸了，遊戲機也是這樣被我摔爛的。」方硯寒自嘲般哈哈笑著。

我根本笑不出來，他想必是做了很可怕的夢，處於極度恐懼的狀態，才會亂砸東西宣洩情緒。

「那陣子我很在意鄰居和同學的目光，非常希望躲到沒有人認識我的地方，因此才會住到阿姨家，換個環境讀北陵高中。」

「原來如此……那你現在還會做噩夢嗎？」

「已經好很多了，就算做噩夢，我也會把對方殺回去。」

「眞可怕。」我嘟囔。

「做夢而已，事實上我連青蛙都不太敢殺，不過當有人無預警靠近時，我還是會忍不住提防。」

「抱歉，我不知道你發生過那種事，才會說你心機重。」我道歉。

「沒關係。不過妳是怎麼知道的？」他疑惑地問。

「下午學電腦組裝時，跟房客聊到被你打敗的事，還有你之前說過的那些話，他覺得不對勁，所以用關鍵字去搜尋，沒想到眞的查到當年的新聞。」

「妳家的房客是怎樣的人？」

「他的名字叫溫亦霄，是某間公司的資訊部經理，我拜他爲師學電腦。他今天教我優化系統，原本電腦開機需要二十幾秒，優化後不到五秒就能進入桌面……」我的語氣裡充滿崇拜，滔滔不絕地告訴他溫亦霄的事。

「聽妳這樣講，我感覺很火大。」方硯寒打斷我的話。

「爲什麼？」

「沒有爲什麼，就是有點討厭他。」

「你很奇怪，幹麼隨便討厭人家？」

「妳也很奇怪，是不是因爲他跟香草殿下很像，妳才會拜他爲師？」

「我、我只是因爲他電腦技能很強，想跟他學習而已。」

「最好是這樣。」方硯寒的嗓音帶點酸意，接著轉移話題，「《刺客教團II》要發售了，要不要我順便幫妳買一片？可以省運費。」

「好啊，開學後我再給你錢。」不可否認，即使經常被他捉弄，我還是喜歡跟他一起玩遊戲，「時間不早，我要去打排位賽了。」

「等等，蘇沄萱。」

「嗯？」

「那天……妳眞的認爲親豬屁股，比親我的臉頰好嗎？」他試探地問。

「廢、廢話！我、我寧願親豬屁股。」我的臉瞬間發熱。

「喔……」方硯寒慢慢應了一聲，「我反而覺得親豬屁股很丟臉，我既不想親，也不想逼妳親，所以那天是我打格鬥打得最認眞、最賣力的一次，只是想把妳的吻贏過來，讓妳不要親豬屁股而已。」

「願賭服輸，不管親什麼都是懲罰，我沒有資格怪你。」我的耳根和脖子大概紅透了，「我要去打排位賽了，再見！」

「……再見。」方硯寒的聲音略帶失落。

離開聊天頻道，我轉往格鬥大廳，摸摸還有些燙的臉頰。

說實話，當著那麼多人的面去親豬屁股的話，我應該會被笑到無地自容，親方硯寒的臉頰其實比親豬屁股好多了。

開學後，我的打工也結束了。

早上要出門時，我站在鞋櫃前穿鞋，穿好後把鞋櫃裡的鞋子排整齊，直到聽見下樓的腳步聲。

「師父早！」我關上鞋櫃門，朝溫亦霄揮揮手。

「早。妳剪頭髮了？」他打量我的短髮。

「嗯，昨天晚上剪的。好看嗎？」我摸摸頭髮。

「很可愛。」

「師父每天上班也都穿得很帥氣。」我轉身下樓，因爲被他稱讚而開心無比。

「以前我衣服都隨便穿，常常被人說是宅男，直到上高中之後，有人建議我好好打理外表，至少給人乾淨的印象，我才慢慢學會注意外在。」溫亦霄跟在我的後面。

「我覺得師父宅宅的模樣一定也很帥。」

「少拍馬屁。」

「對了，我晚上想煮義大利麵，師父要不要一起用餐？」我回頭看他。

見我的表情充滿期待，溫亦霄似乎不忍心拒絕，便點點頭。

我雙手握拳雀躍地跳了一下，向他道別，然後快步衝下一樓。

來到學校，新學期最轟動的一則消息，就是我和方硯寒的緋聞。

「蘇沄萱，聽說妳親了硯寒學長一口？」班長領著一大群男生圍住我的課桌。

「大家約好了要一起魯三年，妳怎麼可以偷跑？」

「我們資訊二甲很可憐的就只有兩顆米，怎麼可以流落到外人田去？」

「對呀對呀！」

「我……我們只是在打格鬥遊戲，誰贏了，就……」我有口難言。如果要解釋親方硯寒的原因，就得說出戰敗的過程，那可是奇恥大辱。

「原來是打格鬥，難怪了……」班長露出了然的神情。

「妳玩格鬥遊戲玩得那麼凶，學長一定輸給妳了吧。」另一位男同學接話。

「學長你輸了，過來給我啾一下。」班長尖著嗓音，朝男同學勾勾手指。

「不要，人家不服！」男同學跌坐在地上，掩面假裝啜泣。

「願賭服輸，給我過來！」

「嗯……那你要輕一點，不要啾太用力喔。」

我翻了個白眼，無奈事實相反，是我輸給方硯寒，被迫親他。

男同學起身摟住班長的肩膀，班長嘟嘴作勢要親，同學們紛紛大笑。

「你們滾開啦！不要害我被老師約談。」我從椅子上跳起來，抬腳將那些臭男生踹開，班長和男同學們被我追打得四處逃竄。

雖然沈雨桐常說，男生特別喜歡欺負反應很大的女生，只要對他們的捉弄無動於衷，他們自然會覺得無趣而放棄。但要我像個木頭人任他們捉弄，這實在是很困難的事。

下課後，沈雨桐也跑來，關切我跟方硯寒之間的進展。

「那只是懲罰。」我已經放棄解釋了。

「學長的皮膚好不好？親到他的感覺怎樣？」沈雨桐揶揄。

「沒感覺啦！」

「是——嗎？」

沈雨桐笑得曖昧，不管我怎麼說，她都已經把我和方硯寒腦補成友達以上、戀人未滿的關係了。

放學時間，我背著書包和沈雨桐走下樓梯時，禍首終於出現。

方硯寒單手插在褲袋裡，胸前鬆鬆打著領帶，背靠在一樓走廊的柱子上。微風稍稍吹亂他一頭漂亮的黑髮，走廊上學生來來往往，不少女生偷偷討論他，而他卻掛著冷漠的表情，無視周遭的一切。

我經過他身邊，他突然伸手攔住我，「妳的遊戲片。」

擋在眼前的遊戲片正是萬惡的《刺客教團II》，原本氣勢洶洶想罵他幾句的我，氣焰全消，連忙接過遊戲片塞進書包裡，掏出錢包付錢給他。

方硯寒收下錢，撈起擱在地上的書包，瞥了沈雨桐一眼。

「萱萱，我先走了，明天見！」沈雨桐把我推向方硯寒，然後一溜煙跑掉。

「方硯寒，我被你們那群大嘴巴的同學害慘了。」

「妳一個人幹掉一大票學長，不紅才奇怪吧？」

「可是我最後輸給你了！」因爲輸掉比賽太生氣，我壓根忘了那天混的是校草校花團，八卦的散播力很恐怖。

「別再提那件事了，我請妳吃冰，賠罪。」他拉住我的手。

「不行，我要早點回家。」我搖頭，「早上跟師父約好了，晚餐我要煮義大利麵。」

「你們……一起吃飯嗎？」他鬆開我的手，眼裡滿是詫異。

「嗯，因爲師父教我電腦並沒有收學費，而且他的父母都過世了，我大哥是豆腐心腸，覺得身爲房東應該照應一下房客，才會邀他一起吃晚飯。」

「跟陌生人一起用餐很奇怪。」

「師父搬來一個月了，我們天天都會打招呼，我又上過他的電腦課，不算陌生人。」

「幫妳上課還沒收學費，這點更奇怪，妳最好小心，多少要提防他。」他冷冷表示。

「你才奇怪……」我嘀咕著，蹙眉看著他略帶怒氣的表情，不太明白他在氣什麼，「我要回家了，等我熟悉《刺客教團II》的操作，再跟你線上對戰。」

方硯寒一副欲言又止的樣子，嘴脣動了動又作罷，擺擺手跟我道別。

回到家，我放好書包走進廚房，打開冰箱，拿出食材一一擺在流理臺。

因爲沒煮過義大利麵，我昨晚上網研究了食譜，將料理方式印出來，貼在烘碗機上。

我一邊用瓦斯爐燒水，一邊照著小抄上的圖文解說將洋蔥切碎，可是切沒幾刀，洋蔥便薰得我雙眼直泛淚。

門鈴響起，我放下菜刀走出廚房，打開大門，只見溫亦霄站在外面。

「妳在做什麼？」他注視著我。

「我在煮義大利麵呀。」

「不會煮嗎？」

「呃……正在研究。」我眨眨刺疼的雙眼，視線又被淚水模糊了。

「不要哭，慢慢來，越急會越做不好。」他伸手抹去我眼角的溼潤。

「我沒有哭，只是在切洋蔥。」我噗哧一笑，當他的指尖碰到我的臉頰時，心跳不受控制地加速了。

「切洋蔥？」溫亦霄愣了愣，尷尬地笑，「抱歉，我弄錯了。」

我怔怔看著他，原來他以爲我在哭，才會幫我擦掉眼淚，師父眞是溫柔。

「妳打算煮什麼湯？」

「蛋花湯。」

「蛋花湯不太適合，吃義大利麵應該配磨菇湯比較好。」他遞了一個購物袋給我。

我接過袋子打開一看，裡面裝著罐頭、花椰菜和磨菇。不妙！我得趕快上網搜尋磨菇湯的做法。

「會煮嗎？」

「應該……會吧。」

「不然，我來煮湯。」溫亦霄似乎看出我不太有把握。

「好啊。」我求之不得，深怕把他買的食材給浪費了。

溫亦霄脫下皮鞋，將公事包放在沙發，跟著我進入廚房。鍋子裡的水已經沸騰得咕嚕作響，我趕緊將義大利麵放入，下完麵條，只見溫亦霄正在看貼在烘碗機上的小抄。

「師父，你先去客廳，等我煮好麵，你再進來煮湯。」我尷尬地伸手抽走小抄，揉成一團塞進裙子的口袋裡。

「來，我教妳。」溫亦霄嘴角微揚，把洋蔥和砧板移到爐子旁邊，「洋蔥先去皮，在冷水裡泡個幾分鐘再切，或者在抽油煙機旁邊切，這樣比較不會被薰得流眼淚。」

我再度拿起菜刀將洋蔥切碎，抽油煙機很快帶走洋蔥的味道，果眞比較不會流眼淚了，「師父好厲害，連這種小撇步都懂。」

「因爲我也被薰過，所以上網找了解決方法。」他淡然說。

麵條煮好後，我準備做番茄肉醬，又偷偷從口袋裡掏出小抄，確認煮醬汁的步驟。

「直接拿出來看呀。」溫亦霄發現了。

「師父不要笑我。」我心虛地覷他一眼。

「我沒有笑。」他也側頭看我，眼神含著淺淺笑意。

「你的心裡在笑。」

「那是妳的錯覺。」

我不好意思地把小抄貼在抽油煙機上，照著上面的步驟，將油倒進預熱好的鍋子裡，爆香大蒜後，再放入絞肉和洋蔥一起炒熟，最後加進義大利麵醬，蓋上鍋蓋悶煮一會兒。

溫亦霄拿著小尖刀，正在削花椰菜梗的外皮，刀法看起來相當純熟。

明明大哥也會做菜，我卻覺得溫亦霄的動作特別優雅，讓人移不開視線。

「師父好像很會做菜？」

「我只會做簡單菜色，沒有妳大哥那麼賢慧。」

我打開鍋蓋，拿了小碟子和湯杓，舀了點湯汁試喝，發覺味道太酸了，湯汁稀稀水水，跟餐廳用的醬料不太一樣。

歪頭想了想，我又倒了些義大利麵醬進去，再試喝一口，忍不住皺眉。

味道還是不對，該怎麼補救呢？

「味道怎樣？」溫亦霄問。

「我不會形容。」我好想撞牆。

「我試一下。」他接過小碟子和湯杓，也舀了點湯汁。

師父……那是我喝過的碟子啊！

我瞪大眼睛，看著溫亦霄的脣抵著小碟子邊緣，仰頭喝了一口。雖然和我的嘴脣接觸過的地方不同，還是讓我的心跳有些失控。

「義大利麵醬的調味太淡了，你們家有番茄醬嗎？」他抿抿脣。

「有。」我打開冰箱拿出番茄醬，撲面而來的冷氣令我發燙的臉頰稍稍降溫。

溫亦霄加了些番茄醬進鍋裡，用湯杓攪拌，不久後再試喝，唇角頓時滿意地上揚。

「妳喝看看。」他又舀了點湯汁，把小碟子遞給我。

師父……這個碟子你喝過耶！

雖然心裡這麼想，我還是接過小碟子喝了下去，隨即驚奇地叫了出來：「哇！嚐起來完全不一樣，湯汁變得濃郁，味道也更好了。」

「那就可以上菜了。」他微微一笑。

我把義大利麵端上桌，剛好打工回來的二哥立刻湊到桌邊，伸出兩根指頭想要偷捏一根麵條。

「哥！你沒有洗手，不可以偷吃。」我打了下他的手。

「我肚子好餓，吃一口也不行？」二哥將手縮回。

「不行。」

「小氣……溫大哥來了？」

「師父正在煮磨菇湯，他說義大利麵配磨菇湯才對味。」

「溫大哥眞是講究。」二哥走到廚房門口，跟溫亦霄打了招呼，接著進廁所洗手。

我探頭往廚房裡面看，溫亦霄站在爐子前，手拿湯杓在鍋子裡輕輕攪拌。他凝視湯鍋的眼神矇矓，嘴角略揚，像是陷進了回憶裡，想起很美好的事情似的。

不知他是想到了什麼，才會露出那麼溫柔的微笑。

我好想知道。

電話響起，我回客廳接聽，是大哥。他說今晚臨時要跟同事聚餐，不回來吃飯了。

片刻後，磨菇湯上桌，我們三人在餐桌邊坐下，一起享用晚餐。

二哥用叉子捲起一團麵條塞進嘴裡，驚訝地喊：「哇！味道不錯耶，看來我未來的妹婿不會餓死了。」

「無聊！」我瞪了二哥一眼，「對了，冷硯幫我買了《刺客教團》。」

「那款遊戲很有名，我也要玩。」二哥眼睛一亮，他也是潛行遊戲迷，不過程度跟方硯寒不能比。

「你跟冷硯果然是同類。」

「那當然，我們是集智慧和謀略於一身的酷帥刺客。」

「我指的是色狼同類！冷硯跟你一樣都喜歡那種滑鼠墊。」我狠狠吐槽。

「那種滑鼠墊只要是男人都會喜歡，就連Vanilla也一樣。」二哥又開始翻舊帳。

「香草師父才沒有用過！」即使過了那麼多年，我依然堅持。

「什麼滑鼠墊？」溫亦霄好奇地插話。

「就是《生存格鬥》的3D巨乳滑鼠墊，溫大哥看過那種滑鼠墊嗎？」二哥雙手在胸前比了比巨乳的樣子，朝溫亦霄挑挑眉。

「嗯。」溫亦霄停下筷子，眼神有點微妙。

「那你看到那種滑鼠墊的時候，有沒有把手放上去試用？」

溫亦霄看著二哥，再轉頭瞧我，緩緩垂下視線，語氣尷尬：「不否認……我試過。」

「哈哈哈！」二哥大笑，「沄萱，妳看！所有男人都逃不過巨乳滑鼠墊的吸引力。」

「我相信香草師父沒有試用過！」我氣沖沖地反駁。

「不可能，他一定有。」二哥賊笑。

「他沒有！」

「他有！」

溫亦霄放下筷子，抬起右手揉著額頭，遮住側邊的臉龐。大哥不在家，看我們兩個這樣吵翻天，他似乎不知道該如何排解紛爭。

看到他的反應，我和二哥安靜下來，擔心再吵下去，溫亦霄可能會發怒離開。

「師父……你生氣了嗎？」我小聲問。

「我沒有生氣。」溫亦霄放下手。

「溫大哥，你的臉好紅喔，我沒有取笑你的意思。」二哥嘴上這麼說，卻仍竊笑著。

「我明白。」溫亦霄的神色流露出歉意，「不好意思，身為師父，讓沄萱失望了。」

「溫大哥，是沄萱思想太純潔了，你不用理她，我們這樣才是男人本色！」二哥大剌剌地拍著胸脯。

溫亦霄輕笑出聲，側頭看了我一眼，一對上我的視線，他又很快別開目光，故作鎮定地繼續吃麵，臉龐明顯泛著淡淡紅暈。

我的心一緊，隨即狂跳起來，覺得師父害羞的神情好可愛，讓我好想摸摸他的臉。

甩甩頭，我把麵條大口塞進嘴裡，阻止自己再胡思亂想。

升上二年級，課業變得忙碌，還多了一些電腦相關證照要考。

暑假的那次烤肉會，我把一大票學長打得落花流水後，陸續有同校的男生跑來跟我單挑，結果當然是被我一一打敗，使我在學校裡更加出名。

我每天依然會上線打排位賽，維持自己在格鬥榜的名次，且經過方硯寒那一戰的教訓後，我不再執著於進攻對手的弱點，試著學習香草師父的精神，正面迎擊對方最強的招式。

方硯寒升上了三年級，即將面臨明年的大學學測。身爲資優班的學生，這個時期根本不應該玩電動的，可他還是堅持每晚上線，跟我對戰或聊天。根據他的說法，這是睡前放鬆心情的最佳方式。

而每天早上，我喜歡在出門時跟溫亦霄道早，只是簡單的一句早安，我就好像吞了一顆活力丸。

我也喜歡晚上大家一起用餐的時光，溫亦霄剛開始很客氣，只有假日才會下樓跟我們吃飯，後來他和大哥、二哥混熟了，漸漸地連平常日也過來了。不過他沒有白吃我家的東西，時常會買一些食材幫大家加菜。

大哥和二哥這兩個商科男，常跟溫亦霄交流國內外企業的經營情報，三個人意外地非常投緣，只有我聽不懂那些金控、股票、企業合併的話題。不過即使只是默默待在一旁，我也覺得開心。

自從溫亦霄送我香草籽後，我做的布丁升級成更好吃的香草布丁，那齒頰留香的美好滋味，大哥和二哥吃了都讚不絕口。

後來，我開始上網找一些簡單的食譜，學著做菜給大家吃。二哥總是笑我把大家的胃當實驗品，甚至慫恿溫亦霄簽下切結書，言明吃壞肚子絕不理賠。

每週日下午的電腦課也持續進行，學完電腦組裝，溫亦霄便教我寫電腦程式。

十月下旬的某天，他出了幾道迴圈習題，要我寫幾個小程式。

我安靜地坐在電腦前練習，溫亦霄泡了兩杯咖啡，擱了一杯在我的桌邊。就在此時，筆電咚的一聲，有人傳訊息進來。

溫亦霄在筆電前面坐下，點了點滑鼠，一邊喝咖啡一邊問：「克里斯，有事嗎？」

「經理。」克里斯的聲音從筆電喇叭傳出，「業務部的陳經理在加班，他一直打手機給我，反映公司的上網速度太慢。」

「嗯。」溫亦霄放下咖啡杯，眼神轉為冷淡，雙手在鍵盤上飛快地敲打，「我連線封鎖了陳經理下載電影的網站，他如果問為什麼有些網站不能上，你就說資訊部剛才偵測到病毒攻擊，造成上網品質不穩，所以把幾個病毒來源網站封鎖了。」

哇！這位陳經理也太白目了，利用公司電腦下載電影，占用了網路頻寬，還敢嫌上網速度太慢。

他如果低調地下載，不要胡亂抱怨的話，溫亦霄應該會睜一隻眼、閉一隻眼，偏偏他吵了，那只好公事公辦，不能怪溫亦霄無情。

「了解。」克里斯頓了一下，「可是經理，副總經理也常常上那個網站……」

哇！連副總經理也偷偷下載電影？我突然懷疑，那個網站該不會是謎片的網站吧？

「我知道，我沒有封鎖副總經理的電腦，他可以繼續連上下載電影的網站，但是頻寬限速成128kbps。如果他問下載速度怎麼變慢了，你就說有員工在下載電影，那種下載軟體會吃掉頻寬，拖累全公司的上網速度。」

「是！我了解了，經理。」克里斯的語氣微揚。

哇！故意封鎖陳經理的電腦，讓他不能連上網站下載，卻網開一面給更大咖的副總經理，只是把他的下載頻寬限速成128kbps。那種速度連開個臉書影片都要花三十秒，更別說是下載電影檔了。

如果副總經理想徹查是誰在下載電影，就會查到陳經理，可是副總經理自己也有在使用，所以大概也不敢查吧。那麼大家便只能摸摸鼻子，被溫亦霄玩弄在股掌間而不自知。

「師父眞是暗界的大魔王，徒兒好佩服！」我一臉崇拜望著溫亦霄。

「少拍馬屁。」溫亦霄嘴角抿著笑。

「師父。」

「嗯？」

「我可不可以跟你合拍一張照片？」

溫亦霄轉頭看我，我雙手交握，露出懇求的眼神。

「嗯。」他竟然同意了。

「謝謝！」我趕緊半蹲在溫亦霄身邊，高高舉起手機自拍。

畫面裡，溫亦霄俊雅的臉龐噙著淺笑，我按下拍照鍵。看著我們的合照，我忍不住拿著手機轉了個圈，開心到好像中樂透一樣。

「趕快解題吧。」溫亦霄臉上的笑意加深，似乎被我迷妹般的表現逗樂了。

「好！」我志氣滿滿地伸出右拳，「我長大後也要跟師父一樣，當個暗界女魔王。」

此時，溫亦霄的手機響起，他瞥了眼來電顯示，遲疑了下才拿著手機走進房間。

這些日子以來，我觀察到他看見某個人的來電時，經常都是這種反應，似乎不太想接，雖然最後仍會接聽，不過他總是會走進房間裡，不想讓我聽到他們的談話。

來電的人到底是誰呢？

隔了一會，他走出房間：「我下樓一下，妳繼續寫。」

目送溫亦霄走出大門，我回頭練習寫程式碼，絞盡腦汁寫了三題，第四題卻卡住了。

看看時間，已經過了半個多小時，溫亦霄還沒有回來。

腦中靈光一閃，我拿起溫亦霄講解用的小白板，用白板筆在上面寫著：

師父，第四題不會寫。

接著，我在溫亦霄的筆電前舉起白板，對著視訊鏡頭擺出苦惱的表情，再輕輕推了下滑鼠，筆電的螢幕保護程式馬上跳開。

我噗哧一笑，回到電腦前，跳過第四題，直接做第五題。

做完第五題，我再度拿起白板提筆寫下：

師父，第五題很簡單，你什麼時候要回來？

然後又坐到筆電前面，將白板朝向視訊鏡頭，皺眉露出疑惑的表情，並輕碰滑鼠，讓筆電的螢幕保護程式跳開。

懷著惡作劇的心情，我邊寫程式邊拿白板利用筆電的防盜機制「拍照」，直到寫完第八題，時間經過一個多小時，前後大概拍了七張照片，這些應該都會傳到溫亦霄的手機。

然而等了又等，溫亦霄還是沒有回來。

他下樓做什麼呢？該不會是有人來找他吧？

我好奇地開門走到陽臺上，探頭朝樓下望去，左右掃視，發現溫亦霄在巷口便利商店外的座位區，跟一名女人坐在一起。我仔細打量女人的模樣，居然是湯雅郁。

她調查到溫亦霄的住址了嗎？還是溫亦霄告訴她的？

湯雅郁轉頭對溫亦霄說話，我瞧不清楚她的神情，不過她不時攤手或嘆氣，似乎是在抱怨或者訴苦。溫亦霄雙手抱胸、蹺著長腿，微微垂頭，像在聆聽著，我看不見他有什麼表情，也不知道他有沒有回話。

說著說著，湯雅郁看似沮喪地垂下頭，好半晌沒有動靜，但也可能她還在說話，只是我看不到。

忽然間，她慢慢傾身，把頭靠在溫亦霄的肩頭上，像情人在撒嬌還是尋求安慰那樣。這一刻，一股說不清的複雜情緒湧上，瞬間堵塞了我的思緒，心臟彷彿被緊緊掐住，連呼吸都覺得困難。

我下意識倒退兩步，讓視線離開那兩道相偎的身影，腦袋有如網速卡住了似的，頓了幾秒才察覺自己是退縮了，不敢去看溫亦霄會怎麼回應湯雅郁的貼近。

茫然無措地跑回屋內，我坐在電腦前發呆，心裡閃過許多疑惑。

他們到底是什麼關係？

曾經是戀人嗎？還是正在交往中？

我覺得自己有點奇怪，明明之前只是好奇而已，現在卻非常在意他們之間的關係。

不久，大門打開的聲音響起，我連忙把雙手放到鍵盤上，假裝在修改程式碼。腳步聲緩緩接近，停在身後，我的頭頂冷不防挨了一記。

「好痛！」我雙手抱頭。

「妳太吵了。」溫亦霄的聲音微冷，「我說過不可以碰我的筆電吧？」

「因為師父出去太久，我只是想通知你，我已經寫完習題了，請師父不要生氣。」我滿腹委屈仰望著他，他的身上有一絲香水味。

他是不是抱了湯雅郁？

溫亦霄的臉色怪怪的，不過沒有生氣的跡象。他摘下眼鏡坐在沙發上，嗓音顯得疲累：「今天就上到這裡，妳先存檔起來，下堂課我再跟妳講解。」

「好，謝謝師父。」我關掉電腦，起身走到門口，忍不住又回過頭。

溫亦霄如一尊石像般動也不動，清冷的眼神帶著迷離，心思不知道飄到哪裡去了，渾身散發出疏離的淡漠感，就像第一次見面時那樣。

我悶悶地回到家中，心情有些煩躁，於是打開遊戲機想要發洩一下，畫面馬上跳出方硯寒要求私聊的訊息。

戴上耳機，方硯寒疑惑的聲音傳來：「弒夜，妳不是在上電腦課嗎？」

「提前下課了……」我無力地回話。

「妳上課不專心，被那個經理轟出來嗎？」

「才不是。」我的心堵得發慌，很想找人聊聊天。原本第一個想到的對象是沈雨桐，無奈她的愛情觀都來自動漫。

腦海裡閃過大哥和二哥的臉，男生的心情也許該要問男生才對，不過他們跟我太親近了，又同處在一個屋簷下，我反而不太喜歡讓他們知道我的心事。

「方硯寒。」眼下只有他最適合，「男生……如果讓某個女生的頭靠在自己肩膀上的話，那他和對方是什麼關係？」

「百分之九十是情侶關係。」

我緊緊咬住下脣，莫名地想哭，心頭湧起一絲睽違已久的苦澀，跟小學六年級那年，香草師父剛離開時的感受很相似。

「妳師父有女朋友了？」冷硯語氣謹慎。

「我不知道，他跟一個女人見面後，就說要下課，把自己關在屋裡。」

「他大概想跟回憶共處，思考一些事情，不希望外人打擾他。」

「回憶？」

「跟那個女人的回憶，或者也可能是其他回憶，很多大人在這種時候會喝酒解愁。」

我的心擰痛起來，不禁深深吸了一口氣，再緩緩呼出。

「蘇沄萱，妳……該不會喜……」

「我沒有！」我下意識否認。

「沒有？放學時趕著回家做菜，跟妳打電動時，妳都在聊那位經理的事，讓我聽了很火大。」方硯寒哼笑，「他的年紀大妳九歲，對那種成熟的大人而言，妳就像個孩子吧，否則他不會把妳趕出來，因爲妳不能跟他一起喝酒聊心事。」

「年紀小就不能談心嗎？」

「妳可以想像一下，妳跟小學二年級的學生聊心事會是什麼感覺。」方硯寒的形容很毒，直搗問題核心，「大人的戀愛跟高中生的戀愛不同，年齡差距也會造成價值觀差異，他的心情妳未必能理解，跟妳談心可能得不到安慰。再說，他交女朋友多半要爲成家立業打算，這個條件妳能符合嗎？」

「我會長大的，不會永遠都是十幾歲……」我難受地低下頭。

「那他可以等妳嗎？當妳二十五歲的時候，他已經三十四歲，變成中年大叔了。講句難聽的，那時候的妳還會喜歡他嗎？其實，妳的班級裡全是男生，想談戀愛的話，隨便挑一個都行，如果要條件更好的……我可以犧牲點，讓妳列入考慮對象喔。」

「你老把女生當雜魚，誰要考慮你？」我冷冷駁斥，心情被他的分析打入谷底。

「呵，看來我享受不到秒殺妳這條雜魚的樂趣了。」方硯寒又笑了一聲，「不過我覺得……妳可能是把對香草殿下的感情，轉移到那位經理身上了。人都是這樣的，有什麼得不到的東西，就會想透過另一種方式去彌補心裡的遺憾。」

方硯寒的話太過犀利，讓我啞口無言，心頭又是一陣悶痛。

場面靜了半晌，方硯寒輕咳一聲，轉移話題：「對了，楷杰買了X遊戲機，他想加妳好友。」

「會長不是玩P遊戲機的嗎？」我記得方硯寒說過，他的阿姨家只有P遊戲機。

「因爲打輸妳，他一直很不甘心，吵著要再跟妳對戰，所以上網標了二手機練功。」

「咦？你已經有X遊戲機了，他幹麼再買？」

「因爲我不想借他。」

「原來你這麼小氣……他的帳號是什麼？」

方硯寒報出楊楷杰的帳號，我搜尋到他，加了好友，「加了，我先下線，再見。」

「謝了，再見。」

關掉遊戲機，我坐在床邊拿出手機，看著和溫亦霄的合照，指尖不自覺描著他的臉龐。

每天早上我都會刻意花時間排好鞋子，只為了等溫亦霄下樓，聽他跟我道一聲早安。因為會遇到他，我開始學著擦一些護髮液，讓頭髮不那麼毛躁，也會抹一點護脣膏，讓自己的氣色更好，甚至會拿熨斗將制服和裙子燙平，以免看起來皺皺的。

因為他晚上會來吃飯，我開始學習做菜，即使做得不太好吃；因為他會教我電腦技能，所以我減少上網閒逛的時間，每天晚上都在研究程式書，即使看得一知半解。

每個禮拜，我最期待的就是星期日的電腦課。當溫亦霄推著椅子靠到我身邊，用低沉的好聽嗓音講解題目時，我常常不禁感到害羞，一顆心無法控制地狂跳。

想要改變自己，展現出美好的一面；想要表現給他看，聽他用微訝的語氣稱讚我；想要看他露出更多笑容、想要他天天都是開心的……

其實，我早已隱隱察覺自己對溫亦霄的好感，卻抱持著鴕鳥心態，不敢去正視，好像只要不說出來，事情便會朝好的方向發展。

如今，心頭的這份酸楚悸動，眞的只是我對香草師父的情感轉移嗎？

（未完待續）

後記

在回憶裡脫韁的靈感

哈囉！大家好，很開心又跟你們見面了。

去年寫完《許妳一個晴天》後，我給自己設下目標，希望今年可以寫出兩個故事，並且必須完稿後才可以開始連載，要改掉邊寫邊貼文的壞習慣。

我寫稿的速度向來不快，這次能用九個月的時間，完成二十多萬字的故事，對我來說是一個小進步，因此在六月初完稿時，我覺得自己達成了一個目標，心裡眞的很開心。

師徒戀是我很喜歡的題材之一。

可是受限於文筆的不足，我一直沒辦法很好地駕馭古風的類型，若改以現代的師生戀爲主題，又覺得不太對味，因爲少了武打場面，師徒這個身分特有的萌感就也少了一點。

如果用網遊當作背景，或許會比較好發揮，可惜我網遊玩得不多，就這樣想了又想，忽然想到了家用遊戲機。

我本身正是遊戲機的玩家，玩電視遊樂器玩了十多年，還曾經當過某個遊戲版的版主。這打電動的興趣，一直延續到我無意間來到POPO原創，一頭栽進寫作中，沒時間打電動才停止。

記得當時我已經下標了兩張遊戲片等著送達，可是直到現在，那兩片遊戲還擺在書架上沒開封過。

如果沒有來到POPO原創，我應該還是會每天泡在遊戲裡打BOSS，寫作讓我的人生轉了一個方向，有了新的體驗，這是意想不到的。

當靈感有了開端後，故事劇情便很順利地冒出來，我決定以格鬥遊戲為主軸，第一次挑戰寫打鬥的劇情。

不過我最喜歡的遊戲類型，其實是動作角色扮演（ARPG），像《惡魔獵人》和《忍者外傳》這類，遊戲角色能飛簷走壁，白刀子進、紅刀子出，一路殺到最後的遊戲，而格鬥遊戲則是其次。潛行遊戲就沒辦法了，我常常被小兵發現打死。

在準備動筆的時候，我又為自己設了一個挑戰——試著用第一人稱的方式寫。

綜合了很多新的嘗試，我幹勁滿滿地開工了。

之後，由於寫到打電動的橋段，勾起了我很多回憶，靈感便脫韁了，從三萬字開始跳離原訂大綱，朝另一個未知的方向奔去，連我自己都不知道會到達哪裡。

遊戲機的市場沒有電腦大，玩家又以男性居多，但因應劇情帶點循序漸進的養成概念，讓我忍不住把格鬥相關的敘述越寫越深，同時也越寫越心慌，擔心讀者不能接受。

這時候，非常謝謝總編輯馥蔓給我非常大的空間，讓我自由地發揮想像力，把想寫的東西都寫了，而且每次交稿的時候，馥蔓的回饋也給了我很多自信和勇氣，才能一路把這個故事衝完。

也謝謝編輯思涵辛苦的校稿，看完電校稿時，我深深覺得編輯都是BOSS級的！還有其他辛苦的小編，謝謝你們。

最後，感謝一路陪伴的讀者們。

我不太會經營粉絲團，沒什麼幽默感，並且跟香草殿下一樣，很少分享自己的生活和心情，可是你們卻始終支持著，讓我得到莫大的鼓勵和溫暖。

希望這個故事可以帶給大家不同的感受。

我們下冊再見！

琉影

城邦原創 長期徵稿

題材

(1) 愛情：校園愛情、都會愛情、古代言情等，非羅曼史，八萬字以上，需完結。
(2) 奇幻/玄幻：八萬字以上，單本或系列作皆可；若是系列作，請至少完稿一集以上，並附上分集大綱。

如何投稿

電子檔格式投稿（請盡量選擇此形式投稿）

(1) 請寄至客服信箱service@popo.tw，信件標題寫明：【投稿城邦原創實體書出版／作品名稱／真實姓名】（例：投稿城邦原創實體書出版／愛情這件事／徐大仁）
(2) 稿件存成word檔，其他格式（網址連結、PDF檔、txt檔、直接貼文於信件中等）恕不受理；並請使用正確全形標點符號。
(3) 請附上真實姓名、性別、聯絡電話、email、POPO原創網會員帳號、作者簡介與出版經歷。
(4) 請加入POPO原創市集（www.popo.tw/index）申請成為作家會員，並將投稿作品公開放上該網站至少4萬字，若想全文公開也可以。

紙本投稿

(1) 投稿地址：10483台北市民生東路二段141號6樓
城邦原創實體出版部收
(2) 請以A4紙列印稿件，不收手寫稿件。
(3) 請附上真實姓名、性別、聯絡電話、email、POPO原創網會員帳號、作者簡介與出版經歷。
(4) 請自行留存底稿，恕不退稿。
(5) 請加入POPO原創市集（www.popo.tw/index）申請成為作家會員，並將投稿作品公開放上該網站至少4萬字，若想全文公開也可以。

審稿與回覆

(1) 收到稿件後，約需2-3個月審稿時間，請耐心等候通知。若通過審稿，編輯部將以email回覆並洽談合作事宜，如未過稿，恕不另行通知。
(2) 由於來稿衆多，若投稿未過，請恕無法一一說明原因或給予寫作建議。
(3) 若欲詢問審稿進度，請來信至投稿信箱，請勿透過電話、客服信箱、部落格、粉絲團詢問。

其他注意事項

(1) 請勿抄襲他人作品。
(2) 請確認投稿作品的實體與電子版權都在您的手上。
(3) 如果您的作品在敝公司的徵稿類型之外，仍然可以投稿，只是過稿機率相對較低。

國家圖書館出版品預行編目資料

香草之吻／琉影著. -- 初版. -- 臺北市；城邦原創
出版 ：家庭傳媒城邦分公司發行, 民 106.07
面；公分. --（戀小說；79）

ISBN 978-986-94706-6-7（上冊： 平裝）

857.7 106011353

香草之吻（上）

作　　者／琉影
企畫選書／楊馥蔓
責任編輯／陳思涵

行銷業務／林政杰
總 編 輯／楊馥蔓
總 經 理／伍文翠
發 行 人／何飛鵬
法律顧問／台英國際商務法律事務所　羅明通律師
出　　版／城邦原創股份有限公司
台北市中山區民生東路二段 141 號 6 樓
電話：(02) 2509-5506　傳眞：(02) 2500-1933
E-mail：service@popo.tw
發　　行／英屬蓋曼群島商家庭傳媒股份有限公司城邦分公司
聯絡地址：台北市中山區民生東路二段 141 號 11 樓
書虫客服服務專線：(02) 25007718・(02) 25007719
24小時傳眞服務：(02) 25001990・(02) 25001991
服務時間：週一至週五09:30-12:00・13:30-17:00
郵撥帳號：19863813　戶名：書虫股份有限公司
讀者服務信箱 email：service@readingclub.com.tw
城邦讀書花園網址：www.cite.com.tw
香港發行所／城邦（香港）出版集團有限公司
地址：香港灣仔駱克道 193 號東超商業中心 1 樓
email：hkcite@biznetvigator.com
電話：(852)25086231　傳眞：(852) 25789337
馬新發行所／城邦（馬新）出版集團 Cité(M)Sdn. Bhd.
41, Jalan Radin Anum, Bandar Baru Sri Petaling,
57000 Kuala Lumpur, Malaysia.
電話：(603) 90578822　傳眞：(603) 90576622
email:cite@cite.com.my

封面設計／黃聖文
電腦排版／游淑萍
印　　刷／漾格科技股份有限公司
經 銷 商／高見文化行銷股份有限公司
客服專線：0800-055-365　傳眞：(02)2668-9790

■ 2017 年（民 106）7月初版　Printed in Taiwan

定價／250元

ISBN　978-986-94706-6-7